Rosea Mendacium

Traue niemandem

Jenny Schmid

AF236667

Jenny Schmid

Rosea Mendacium
Traue niemandem

Psychothriller

Bibliografische Information der Deutschen
Nationalbibliothek:
Die Deutsche Nationalbibliothek verzeichnet diese
Publikation in der Deutschen Nationalbibliografie;
detaillierte bibliografische Daten sind im Internet über
http://dnb.dnb.de abrufbar.

© 2023 Jenny Schmid

Herstellung und Verlag: BoD – Books on Demand,
Norderstedt

ISBN: 978-3-7578-0831-0

Vorwort

Achtung!

Diese schwerwiegenden Themen kommen in
diesem Buch vor:
* Magersucht
* Alkoholmissbrauch
* Drogenmissbrauch
* Bewegungsdrang
* Sexueller Missbrauch
* Vergewaltigung

Ich möchte niemanden von euch triggern, deshalb
überlegt es euch gut, ob ihr für dieses Buch bereit
seid oder noch nicht!

Jenny Schmid

TAG 4

„Na los, komm schon, warum so langsam heute?"
Jack grinste zu ihr zurück.

Rose aber konnte kaum aus den Augen schauen.
Heute war einfach ein schlechter Tag. Sie wollte
nur schlafen. Jack merkte, dass es ihr heute
anscheinend nicht so gut ging, aber er wollte
dennoch schauen, ob man sie vielleicht wach
bekommen konnte. Sie liebte Laufen auf Zeit oder
Wettrennen, er wollte ihre Motivation damit
wecken.

Jack lief solange im Stand, bis ihn Rose eingeholt
hatte.

„Wie wäre es mit einem Power Lauf und danach
ist Schluss für heute?"

Rose überlegte, die Idee fand sie nicht schlecht.
Sie wollte ja nicht nichts tun und Jacks Power
Läufe waren immer anstrengend genug.

„Dann kannst du ihn, wenn du willst etwas
schwieriger machen." Rose lächelte.

„Noch schwieriger als normal? Na anscheinend
bist du doch nicht so müde wie ich dachte." Der
Junge lachte.

„Tja, man kann sich täuschen." Sie zwinkerte und
sah ihn abwartend an.

„Also gut." Er überlegte kurz und fragte dann:
„Hast du deine Badesachen drunter an?"
„Nein, warum?"
„Ne, ne, ich hätt sonst den Wasserfall mit
eingebaut. Aber wenn du keine Badesachen
anhast…"
„Jack, ich bin keine Memme, ich mach das schon.
Außerdem hast du mich schon oft genug in
Unterwäsche gesehen, also nimm ihn ruhig dazu."
Rose grinste nun auch. Sie war jetzt voller
Tatendrang und wollte die Strecke die Jack
zusammenstellte, so schnell wie möglich laufen,
sie wollte eine neue Zeit aufstellen für den
Schwierigkeitsgrad, für den er sich entschied.
„Na gut, dann wäre die Route fertig." Er
schmunzelte und blieb oben stehen.
Während sie darüber sprachen, waren sie weiter
gejoggt und so verstrich der Weg viel schneller,
fand Rose. Sie dehnte ihre Arme und Beine
während sie Jack nun aufmerksam zuhörte, welche
Zusammenstellung er sich überlegt hatte.
„Also da deine Augen so schön blitzen, seitdem
ich dir den Vorschlag gemacht habe und du
anscheinend voller Tatendrang bist.. korrigiere
mich, wenn etwas nicht Wahrheitsgemäßes über
meine Lippen dringt." Jack hörte nicht auf zu
grinsen.

Rose hasste es, wenn er sie so auf den Arm nahm und meinte daher sofort: „Alles bestens, ich hoffe nur du hast dir auch wirklich etwas Anspruchsvolles ausgedacht. Ich will eine neue Bestzeit aufstellen oder dich einfach aus der Bahn katapultieren." Zielsicherer seit langem sprach sie und das fand Jack super. Die beiden lebten gerade nur so vom gegenseitigen Aufziehen und jetzt konnte man gerade beide nicht stoppen.

„Wenn das so ist, nehmen wir Route 5, über den Wasserfall, die 30 Meter Slalom Strecke der Eichen und zum Abschluss noch Power Sprint ins Ziel." Er grinste leicht hinterlistig. „Packst du das?"

„Klar, gib mir das Signal und es kann losgehen!" Rose war bereit.

„Wie viel Minuten weniger, als letztes Mal, gibst du dir?"

„Ich schaff das in 25 Minuten."

Jack lachte. „Du schaffst niemals zehn Minuten weniger, die Strecke hatten wir noch nicht so oft."

„Ich schaff das schon, aber du vielleicht nicht, wenn du so herum jammerst." Selbstsicher verschränkte sie ihre Arme vor der Brust.

„Das ich nicht lache! Dann gebe ich mir auch zehn Minuten. Damals 30 heute 20!" Auch er riss das Maul weit auf. Natürlich wollte jeder der beiden gewinnen. Es fühlte sich großartig an, gegen einen der beiden zu gewinnen. Sie hatten so viel Ansporn, das war auch ein großer Punkt, warum gerade sie beide zusammen Sport machten.

„Ja dann mal sehen, wer wirklich seinen Rekord bricht." Das Mädchen zuckte mit den Schultern und stellte sich wie gewohnt auf der linken Seite hin. Das änderte sich eigentlich nie. Jack lief rechts und Rose links. Vielleicht wäre es auch interessant, einmal nur die Position zu tauschen und die Zeiten zu vergleichen. Jack schickte Gunt die Startzeit und dann stellten sie sich bereit für den Lauf des Tages hin. Rose´ Müdigkeit war komplett weggeblasen.

Unten vom Tal ertönte ein Brummen eines Modellfliegers, nicht gerade die exklusivste aber auf jeden Fall eine hörbare Variante, und Jack und Rose flitzten jeweils auf ihren Seiten in das Dickicht los.

Die Bäume flogen an beiden nur so vorbei, jeder raste für sich, den vollkommen mit Bäumen bedeckten Abhang, wie ein Wahnsinniger hinunter. Rose´ Herz hämmerte stark gegen ihre Brust, Jack spürte seines bis an seine Schläfen pochen. Er war eine Spur schneller als das Mädchen und erreiche als erstes den Wasserfall. Er zog sich bis auf die Boxershorts aus, warf das

Gewand in hohen Bogen und mit voller Wucht seitlich ins Dickicht hinunter, hielt den Atem an und sprang dann selbst kerzengerade in die Tiefe des Wasserfalles. In dem Moment als er prustend wieder auftauchte, kam Rose auf ihrer Seite oben an. Sie sah, wie Jack sich bereits wieder an Land zog und sich umzog. Sie überlegte nicht lange und entschied sich dann mit all ihrem Gewand hineinzuspringen, anders konnte sie ihn nicht mehr einholen und sie hatte längst nicht mehr das Ziel ihre Zeit zu brechen, sondern vor Jack ins Ziel zu kommen. Also sprang sie, nicht ganz so gerade wie Jack hinein. Als das Mädchen die Wasseroberfläche durchbrach, saugten sich all ihre Klamotten augenblicklich mit Wasser voll und wollten sie weiter hinunter in die Tiefe ziehen. Ihr Magen verkrampfte sich dadurch, doch nach keinen zehn Sekunden stieß ihr Kopf wieder aus dem Wasser und während dem Prusten, zog sie sich bereits ans Ufer. Keuchend stand sie auf und lief mit dieser gewissen Schwere nun an sich weiter. Rose versuchte sofort ihr Tempo vom Start wieder hinzubekommen. Sie konnte es schneller als gedacht wieder aufbauen und so rannte sie nun wieder voll Adrenalin die Strecke weiter.

Jack hatte sie bisher keinmal gesehen, aber er hielt auch nicht die Augen nach ihr offen. Er flitzte wie ein Raubtier mit Heißhunger, dem Ziel entgegen. Seit zehn Minuten flog er beinahe durch die Route. Er fühlte sich als könnte ihn nichts stoppen. Rose wusste nicht mehr, ob sie hinter oder vor Jack war, ihre Gedanken waren jetzt auch ganz auf das Laufen konzentriert und die Büsche und Bäume verschwammen durch die Geschwindigkeit auf beiden Seiten. Sie erreichte die im Slalom wachsenden Eichen. Im gleichen Tempo, legte sie sich von einer Kurve in die Nächste. Ganz enge Kurven zog sie, sodass sie den Slalom zügig hinter sich brachte. Nach den ersten 10 Metern also ungefähr nach den ersten 15 Bäumen, verschwamm ihre Sicht etwas, nicht nur seitlich durch die Geschwindigkeit, sondern auch die noch vor ihr stehenden Bäume. Diese verzehrten sich immer mehr in alle möglichen Seiten, während sie weiter lief. Dem Mädchen wurde immer schwindliger, je weiter sie rann, doch sie wollte auf keinen Fall stoppen. Im Slalom war sie immer ausgezeichnet gewesen und nur ganz am Anfang als sie mit Laufen anfing, hatte sie Probleme lange in diesem zu laufen. Doch das hatte sie sehr schnell draußen und bis jetzt nie wieder Probleme gehabt. Die verschwommenen Bilder waren schrecklich und automatisch verlangsamte sich ihr Tempo eine Spur. Rose merkte dies und schloss leicht geschwächt ihre Augen. Sie würde sich nun vollends auf ihre Sinne konzentrieren, diese sollten sie vorwärts tragen. Sie atmete tief durch, mehr als gegen einen Baum zu knallen, konnte nicht passieren, mehr als dass sie Jack nicht schlagen würde, sollte nicht passieren. Ihr Tempo stieg sofort wieder, als die Augen geschlossen waren. Sie raste sicherer denn je um die Bäume herum und lächelte dabei glücklich.

Jack hatte die auf seiner Seite stehenden Eichen ebenfalls bereits erreicht und lief mit Vollgas den Slalom.

Als Rose´ Sinne ihr mitteilten, sie hätte es geschafft, öffnete sie ihre Augen und sah, dass sie genau gleichzeitig mit Jack den Endsprint begann. Nun legte sie sich noch einmal doppelt und dreifach ins Zeug und die nassen oder eher jetzt nur noch feuchten Klamotten spürte sie überhaupt nicht mehr. Beide rasten die letzten 20 Meter noch ein letztes Mal, so schnell sie noch konnten und sie warfen sich nahezu beide über das Seil, welches als Ziellinie diente.

Das Endsignal ertönte.

Jack setzte sich auf die Wiese und kniff seine Augen zusammen. Er achtete auf seine Atmung und beruhigte sie mit seinen eigenen Tipps und Tricks. Rose dagegen, blieb noch in Rückenlage

liegen und ihr Brustkorb hob und senkte sich
rasend. Sie hielt sich die Hände vors Gesicht und
auch sie versuchte runterzukommen.

„Wer…war schneller?" Sie keuchte die Worte in
Gunts Richtung.

Dieser stellte gerade neben beiden eine Flasche
Wasser hin.

„Das Ergebnis wird euch nicht gefallen." Er sah
durch seine schwarzen Haare hindurch, die über
seine Augen fallen und ihn leicht wild aussehen
lassen.

„Warum?" Jack stand auf und begann seine Beine
zu dehnen.

Rose setzte sich auf, nahm die Flasche und trank
ohne Weiteres gleich einmal die Hälfte davon aus.
Sie atmete tief durch und blickte dann auch zu
Gunt. „Ja, warum?"

„22,78 für euch beide."

Rose konnte es nicht fassen, sie war schneller, als
die Zeit mit der sie noch geprahlt hatte, die sie
heute schaffen würde. Das Mädchen begann leicht
zu strahlen. Die Tatsache, dass es keinen Gewinner
von heute gab, war ihr daher gar nicht so wichtig.
Sie war total glücklich darüber, dass Sport
machen, weiterhin kein Problem sein würde, auch
ganz ohne Nahrung. Ihre kleine Schwindelphase
während dem Laufen, hatte sie schon längst

vergessen oder eher verdrängt.

Jack dagegen hatte leicht böse funkelnde Augen.

„Wie bitte? Das gibt´s nicht! Eine Millisekunde Unterschied muss es doch geben!"

„Sorry Jack, aber nein. Ihr wart exakt zur gleichen Zeit im Ziel."

Jack senkte seinen Blick und starrte den Boden wütend an, als würde er ihn gleich zerstören wollen.

„He, sei stolz auf dich Mann! Ihr habt keine 23 Minuten für diese fu***ing Strecke hingelegt. Ich kenne niemand, der das so schnell mal nachmachen kann." Gunt wollte seinen Kumpel etwas aufbauen und lächelte ihm nun zu. Auf einen genaueren Blick an Rose bemerkte er erst, ihr feuchtes Gewand.

Er runzelte die Stirn. „Hast du deine Sachen gar nicht ausgezogen?"

Da hob Jack den Blick wieder vom Boden und sah ebenfalls zu dem Mädchen.

Sie nickte nur. „Nein, hab ich nicht. Ich musste Prioritäten setzen, anders hätte ich diese Zeit nicht geschafft."

„Ihr beide habt wirklich einen ausgeprägten Ehrgeiz!" Gunt schmunzelte.

Jack sah Rose noch ein paar wenige Momente lang, still an und meinte dann: „Naja egal jetzt, lasst uns was Essen gehen. Das haben wir uns alle verdient."

„Nein danke, aber ich habe schon gegessen.", sagte Rose sofort und die beiden Jungs erkannten keine Spur einer Lüge, in ihrer Stimme.

„Wann denn?"

„Vor dem Training. Das ist mir lieber, als danach, außerdem ist es auch gesünder."

„Das kann ich mir nicht vorstellen." Jack schüttelte den Kopf, weil das echt lächerlich klang.

„Ich mach es so." Das Mädchen zuckte mit der Schulter.

TAG 5

Wackelig auf den Beinen stand sie da.

An der Wand neben ihr, versuchte sie sich bereits unauffällig festzuhalten.

Das Mädchen keuchte leise auf als sich der Raum samt ihr selbst auf den Kopf stellte.

Sie hatte wirklich das Gefühl, als lief ihr gesamtes Blut in diesen.

Mit leicht geöffnetem Mund, atmete sie schwach ihren Atem aus.

Ihr Herz hämmerte gegen ihre Brust.

Das Rauschen des Blutes in ihren Adern hörte sie bis in ihre Schläfen pochen.

„Rose, kommst du?,,

Asher stand ein paar Meter von ihr entfernt.

Bereits im Türrahmen, denn er war fertig.

Fertig zum gehen.

„Ja, ich bin sofort da, geh ruhig schon mal raus, ich..,,

Das Mädchen musste während sie redete stocken, da sie das Gefühl hatte gleich umzukippen. Sie wollte sich nichts anmerken lassen und dafür sprach sie auch richtig flüssig, bis zu dem Zeitpunkt wo sie im Satz stoppte.

Der Raum und sie standen nämlich nicht mehr Kopf, sondern begannen sich plötzlich um sich selbst zu rotieren.

Rose´ Finger begannen zu zittern und sie konnte sich kaum mehr an der Wand anhalten.

Wenn überhaupt, dann noch mit zwei Händen, doch dies würde nur Asher Sorgen bereiten. Er wollte doch weg und sie auch, also wollte sie nicht auch noch ein weiterer Grund sein, länger hier zu bleiben.

,,Ich muss nur noch meine Tasche holen..,,

Sie sprach nur eine Spur leiser, alles andere war wie vor ein paar Momenten noch.

Asher zuckte leicht mit den Schultern. ,,Okay, dann bis gleich..,,

Er nahm seine Jacke von dem Kleiderständer und ging aus dem Haus hinaus. Er rechnete damit, dass Rose noch etwas länger brauchte, denn so war das doch immer. Die Tasche holen bedeutet bei Mädels doch in etwa so viel wie, ich gehe noch auf die Toilette, verabschiede mich bei allen, hole meine Tasche, trinke währenddessen noch ein Glas und komme dann in der nächsten halben Stunde eventuell auch nach.

Rose hatte gehofft, dass Asher dies so auffassen würde. Sie hatte zwar weder vor sich bei irgendwem zu verabschieden geschweige denn ein weiteres Glas Alkohol zu trinken, doch die Toilette war auf jeden Fall ihr Ziel.

Von den versammelten Leuten bemerkte sie

niemanden, doch dies betrachtete sie als Vorteil, denn so müsse sie sich nicht wieder in ein Gespräch verwickeln lassen, dem sie nicht folgen konnte und womöglich dabei auch noch umfiel. Also stützte sie sich nun auch mit der zweiten Hand an der Zimmerwand ab und konnte nur noch kaum verhindern, dass sie nicht in sich zusammensackte.

Rose zog sich voran. Jeder Schritt war eine Qual, denn sie hatte das Gefühl als stiege sie in Leere, denn das Mädchen konnte den Boden nicht mehr spüren, weil ihr Kopf immer die Bilder vor Augen warf, dass sich der Raum drehte. So drehte sich alles bei jedem Schritt gleichzeitig in die andere Richtung und so schwankend, schaffte sie es zum Badezimmer. Zum Glück war es nicht besetzt und sie stieß die nur angelehnte Tür leicht nach innen auf. Erleichtert es bis hierher geschafft zu haben, ließ sie sich zurück auf die Tür fallen, die daraufhin auch ins Schloss fiel. Rose schaffte es gerade noch so, zuzusperren. Danach war alles zu Ende. Ihr Blick war verschwommen. Sie keuchte ein letztes Mal auf. Der Raum und sie standen wieder Kopf, doch dann lösten sich ihre Füße von der Decke und sie fiel zu Boden. Genau in diesem Moment brach das Mädchen zusammen und kippte wie ein Stück Holz nach vorne um. Ihr Kopf

donnerte auf den Porzellanboden und sie stöhnte
vor Schmerz auf. Sie war nicht bewusstlos. Diesen
Gefallen tat ihr Gott nicht. Denn ihr Ende war
noch nicht da. Immer noch nicht.

Rose´ Oberkörper hob und senkte sich langsam.
Ihr Atem genauso langsam.

Ihre Augen waren glasig. Sie musste diese
zusammenpressen, da sie ein Licht blendete, von
dem sie nicht genau wusste, woher dieses kam. Es
wirkte, wie als würde es von der Zimmerdecke
herab, direkt in ihr Gesicht strahlen. Das Licht
wirkte einladend auf sie doch von draußen hörte
sie dumpf Gelächter und Geplauder bis zu ihren
Ohren.

Niemand wusste, dass sie hier drin war.

Niemand.

Nicht einmal Asher.

Da fiel dem Mädchen wieder ein, dass dieser
draußen auf sie wartete. Sie musste zu ihm.

Mit bebendem Körper und zitternden Fingern zog
sie sich jedoch zur Toilette. Sie hob ihren Kopf
leicht hoch und schwach hing er vom Körper
herab. Zu dem zusätzlichen Rauschen, breitete sich
nun ein stechender Schmerz durch den harten und
intensiven Aufschlag auf diesem aus.

Das Mädchen legte ihren Kopf auf die Klobrille.
Sie kämpfte mit ihrem Bewusstsein.

Obwohl absolut nichts in ihrem Magen von den letzten Tagen war, hatte sie das Gefühl, sich jederzeit übergeben zu müssen. Das musste vom Alkohol sein… Zumindest redete sie sich dies glaubhaft ein. Ihre Augen fielen immer wieder entkräftet zu, doch da schlich Asher vor ihre Augen. Erneut nahm sie sich vor, zu ihm zu gehen.

Rose stand auf. Es war ein relativ langer Prozess, da es mehrere Versuche brauchte, bis es wirklich funktionierte.

Danach atmete sie tief durch. Erneut auf der Wand aufgestützt, schaffte sie es wieder hinaus aus dem Bad, vorbei an der Party und hinaus ins Vorzimmer bis zum Kleiderständer. Dort fingerte sie nach ihrem Mantel, der leider unter einer schweren Männerjacke hing. Im Endeffekt, lag diese am Boden, als sie die Haustür öffnete um hinauszutreten, denn es interessierte sie nicht besonders, ob die jetzt wieder ordentlich am Kleiderständer hing oder nicht.

Endlich draußen, lehnte sie sich wieder gegen die Tür und auch diese, fiel wie im Badezimmer ins Schloss.

Rose zog die frische Luft ein.

Ihr wurde augenblicklich eiskalt, doch gleichzeitig tat es unglaublich gut, draußen aus dem stickigem

Haus zu sein.

Da kam aber schon der nächste Geruch, der ihren Magen verkrampfen ließ.

Asher rauchte. Schon wieder.

Der Junge sah zu ihr und schmunzelte zufrieden, da sie wie er fand, gar nicht mal so lange gebraucht hatte.

„Brav, keine 15 Minuten. Pluspunkt."

Rose lächelte schwach, nur aus dem einzigen Grund, weil es ihr viel länger vorkam.

..Na komm, du bekommst auch eine Belohnung.,,

Er lachte kurz auf und Rose Herz wurde davon wie jedes Mal weich.

Sie stieß sich von der Tür ab und hatte leicht Angst, dass sie wieder zusammenbrach, doch sie war besser auf den Beinen als erwartet. Abgesehen von dem Tempo, ging sie problemlos zu Asher und wurde sofort von einer Rauchwolke ein geräuchert. Das Mädchen hustete und ihr Magen drehte sich sofort enger um.

Asher beugte seinen Kopf näher zu ihrem herunter und streckte ihr erst die Zigarette hin. „Na magst du doch probieren?,,

„Nein danke,,

Sie lächelte matt.

„Na komm schon Rose, nimm es nicht so ernst. Ich denke mit der Belohnung stelle ich mich wieder gut bei dir.,,

Er lächelte charmant und Rose konnte seinem Blick nicht widerstehen und biss sich leicht nervös auf die Lippe. Sie war gespannt was nun kam und war fast gänzlich von ihrem Zustand wieder abgelenkt.

Ashers Gesicht näherte sich immer mehr dem von Rose. Ein letztes Mal zog Asher an der Zigarette und blies den Rauch aus. Durch den Wind, wurde er diesmal in die andere Richtung geweht.

Doch da legten sich Ashers Lippen blitzschnell auf die, von Rose und sie spürte wie der restliche Rauch, der sich in ihm befand nun ihre Kehle bis in ihre Lungen hinunter wanderte. Es fühlte sich unschön an. Erst danach wurde ihr der Kuss bewusst und sie schloss ihre Augen. Asher küsste sie, Rose, dass war doch nicht zu fassen!

Sacht erwiderte sie den Kuss, doch Asher intensivierte ihn sofort darauf.

Das Mädchen hing an seinen Lippen doch eigentlich wollte sie sich wieder lösen, weil er komplett nach Rauch schmeckte und es einfach nicht wegging.

Er spürte, dass sie sich lösen wollte und tat dies auch für einen Moment. Einen Moment in dem ihm was auffiel.

„Sag mal, wo ist denn jetzt deine Tasche?,,

An die hatte Rose gar nicht mehr gedacht. Sie fühlte sich leicht ertappt, denn dies war doch die eigentliche Ausrede.

Während dem Kuss, hielt er seine Zigarette weiter in der Hand und sie war nur noch ganz klein.

Einen letzten Zug nahm er und während er den Rauch ausblies, sagte er zu Rose: „Na ich hol sie dir schnell.„

Er drückte ihr einen weiteren verräucherten Kuss auf die Lippen.

Das fand sie sehr lieb von ihm und sie dachte er würde gleich gehen. Doch der Kuss endete nicht. Sie spürte erneut den Rauch in ihr und wollte sich wieder lösen. Diesmal aber gab er ihr keine Chance. Asher küsste sie beinahe schon gierig, denn für ihn schmeckte sie absolut gut und er würde sie gerne noch mehr haben als bisher. Mit diesen Küssen, wollte er sie darauf vorbereiten. Der Junge hatte aber nun mal wirklich kein Gespür für Mädels und er sah es ihnen nicht an, wie es ihnen erging. Das war noch nie der Fall und so war es bei Rose nun auch nicht.

Als Rose sich an seiner Jacke an einer Stelle seines Oberkörpers klammerte, hätte er am liebsten keine Jacke angehabt. Für ihn war dass, das Zeichen, dass auch sie mehr wollte.

Doch das Einzige was Rose wollte, war aus diesem

Kuss hinaus. Sie musste endlich wieder nach Luft
schnappen, Asher sperrte ihr die Möglichkeit ab
und sie wusste auch nicht, wie er das selbst für
sich machte. Sie klammerte sich deshalb an ihn,
weil sie spürte, dass ihr Körper langsam wieder
nachgab. Das Mädchen wollte einfach nicht
schwach sein in seiner Gegenwart. Sie spürte auch,
dass er mehr von ihr wollte. Er wollte wohl mit ihr
schlafen…Sex haben.
„Ich will es auch Asher…ich will es auch….,, sie
versuchte irgendwie die Worte gegen seine Lippen
zu hauchen, was ihr wirklich kaum gelang und sie
wusste nicht einmal ob er die Worte überhaupt
verstanden hatte. Sie waren gelogen, doch es war
ihre einzige Chance jetzt nicht vor ihm umzufallen.

Er hatte es gehört, wenn es auch nur indirekt um
Sex handelte, Asher hörte es immer.
Der Junge konnte es kaum fassen und lächelte. So
ein breites Lächeln hatte Rose bei ihm noch nie
gesehen.
„Ich hol deine Tasche, danach geht's zu mir.,,
Er ließ von ihr ab und zwinkerte ihr nochmal
charmant zu. Danach ging er wieder entschlossen
zurück in das Haus.
Das Mädchen taumelte leicht zurück, als sich
Asher von ihr löste. Rose wusste nicht was sie tun

sollte. Sie war sich nicht sicher, ob sie schon bereit dazu war, mit Asher zu schlafen. Es war doch nur eine Notlüge…eine bescheuerte Notlüge.

Sie fing wieder an zu zittern, da ihr noch kälter wurde als ihr sowieso bereits schon war. Ehe sie ihrem Zustand wieder volle Aufmerksamkeit schenken konnte, kam Asher auch schon wieder hinaus, in der Hand ihre Tasche.

„Hast du da Steine drinnen, oder was?"

Er lachte auf und hängte sie ihr einfach um, als er wieder bei ihr war. Rose war glücklich darüber, denn so sah er nicht ihre zitternden Hände. Bei diesem Gedankengang, steckte sie ihre Finger gleich in ihre Manteltaschen hinein. Asher bemerkte nichts Seltsames und grinste sie an.

„ Deine Meinung ist hoffentlich noch immer die Selbe, was? Ansonsten wirst du was erleben."

Das Mädchen fühlte sich wieder einmal eingeschüchtert und wagte nicht, etwas Verneinendes darauf zu sagen, obwohl das die Wahrheit gewesen wäre. Sie lächelte ihn daher also kurz an.

Sie würde gerade alles dafür tun, in ein Bett zu kommen. Sich hinlegen, hinaus aus diesen schrecklichen Umdrehungen. Da sich ihre Gedanken wieder um ihren Zustand kreisten, tritt dieser auch wieder gänzlich in ihr Bewusstsein und somit hatte sie vor jedem kommenden Schritt Angst, da sie nicht wusste, wann ihre Beine das nächste Mal nachgaben. Doch da waren sie auch schon bei Ashers Auto angekommen. Er hielt ihr die Tür auf und das Mädchen setzte sich lächelnd auf den Beifahrersitz. Der Junge machte ihre Tür wieder zu und setzte sich dann selbst, hinters Steuer. Sobald Rose im Auto saß, schloss sie für einen Moment ihre Augen.

Sie fuhren bereits ein paar Minuten, in denen Asher nur an das dachte, was sie beide gleich tun werden. Erst dann sah er zu ihr auf den Beifahrersitz.

„Rose?!"

Daraufhin schreckte sie auf, denn sie war tatsächlich für einen Moment ein gedöst.

Mit liebevollem Blick erwiderte sie seinen und sah dann aus dem Fenster hinaus. Der Druck in ihrem Kopf war ein klein wenig schwächer geworden, doch das Schwindelgefühl war noch genauso stark wie vor ihrem minimalen Power-naping.

Rose war sich nicht sicher, ob sie froh sein sollte, dass sie bereits da waren oder nicht.

Bei jedem Schritt die Treppe hoch, musste sie damit kämpfen, nicht ihre Kontrolle zu verlieren. Sie keuchte leise, versuchte es so leise zu machen, sodass Asher nichts davon mitbekam und wie es schien, bekam er es tatsächlich nicht mit. Endlich im richtigen Stockwerk angekommen, öffnete er die Tür seiner Suite und bat mit einer einladenden Handbewegung, Rose hinein. Leicht lächelnd sah sie sich um und war überrascht von der Größe und Menge an Luxus.

„Ich hol noch ein paar Dinge, du kannst dich fertig machen. Die zweite Tür nach der Bar ist das Badezimmer." Asher gab Rose einen Kuss auf die Wange und wirkte richtig lieb als er noch hinzufügte. „Du wirst diese Nacht nie vergessen." Das Mädchen lächelte wieder und ging, nachdem sie sich bedankt hatte, zielstrebig zum Badezimmer. Dort schloss sie ab und ließ sich erst einmal kraftlos an der Tür hinuntergleiten. Sie keuchte und schnaufte als wäre sie gerade einen Marathon gelaufen. Dann stiegen ihr die Tränen in die Augen. Ihr erstes Mal, wollte sie so nicht haben. Nicht in diesem Zustand. Ob Asher der Richtige war, wusste sie doch auch noch nicht. Ihre Augen fielen ihr zu und im Halbschlaf kamen ihr immer wieder Ashers Worte in den Sinn. „Ich hol noch ein paar Dinge." Was für Dinge denn? Sexspielzeug? Ein Kondom hoffentlich.. ohne Kondom, nein, auf keinen Fall…

„Rose, bist du soweit?"

Die Worte rissen sie wieder in die Realität zurück. Sie war wohl wirklich für ein paar Momente oder vielleicht waren es sogar Minuten, sie hatte absolut kein Zeitgefühl, in den Schlaf weg gedriftet.

„Gleich...ich bin gleich da." Sie sprach nicht besonders sicher, aber dies schien Asher zu gefallen, denn daraufhin meinte er.

„Kein Stress, ich laufe nicht weg. Lass dir Zeit, ich werde dich erwarten."

Rose hörte wie sich seine Schritte wieder von der Tür entfernten und atmete etwas erleichtert aus. Sie zog sich nur ihre schwarzen Schuhe aus und schüttelte ihre Haare, sodass sie ein wenig wilder aussahen. Im Spiegel gab sie sich selber mit einem Kopfnicken das Zeichen, dass sie nun zu Asher ins Bett gehen würde. Es war ihr eigenes, kleines Startsignal. Rose atmete noch einmal tief durch und trat dann aus dem Badezimmer und ging eher langsam zu ihm zurück. Mit einem frechen aber charmanten Grinsen im Gesicht, sah er sie an und musterte sie kurz von oben bis unten.

Asher riss ihre Bluse auf und warf sie auf die Seite. Dann knöpfte er ihre Skinny Jeans auf und schob sie etwas hinunter, wobei er mit seinen Fingern über ihre Oberschenkel leicht kratzte. Nun schloss Rose wirklich ihre Augen und erschrak als Asher sie nun in die Höhe hob und geschwind aber auch elegant auf sein Bett warf. Er schob die Hose komplett von ihren Beinen und warf auch diese auf den Boden. Das Selbe tat er genauso auch mit ihren Socken. Dann ließ er seine Finger, ihre Fußsohle entlang streifen und das Mädchen keuchte daraufhin überrascht aber doch auch, leicht erregt, auf. Ihr Atem war laut und schnell, sie war jetzt erregt und freute sich nun doch auf das noch kommende Geschehen. Das Doppelbett wie auch die beiden selber, drehten sich für sie zwar weiterhin ständig im Kreis, wegen dem Schwindel, doch in dieser Situation fand Rose dies einfach nur noch aufregend und sogar gut, dass es so war.

Wie kam Rose in ihr eigenes Bett? Als sie aufwachte, befand sie sich nämlich in diesem. Hatte sie alles nur geträumt oder hatte sie wirklich mit Asher geschlafen? Ihr Kopf dröhnte und wollte ihr einfach nicht die richtigen Informationen geben.
Ihr war alles egal, sie wollte einfach nicht mehr. Asher, war natürlich weiterhin mit Beth zusammen und nicht mit ihr, wahrscheinlich hat er sie nur verarschen wollen.
Rose nahm dies sehr zu Herzen und wollte endlich einen Schlussstrich ziehen. Sie beschloss etwas für

sich selbst und wenige Minuten später, war sie aus ihrer Wohnung draußen und auf dem Weg zu Ashers Suite. Angeblich sollte er ja gerade bei Beth sein, so wie Rose dies über Facebook mitbekommen hatte.

TAG 6

Das Mädchen stieß die Tür des Hotelzimmers auf und schloss diese schnell aber vorsichtig wieder, als sie niemanden auf den ersten Blick wahrnahm. In jedem Raum sah sie noch nach ob sich etwas regte, doch die ganze Suite war leer.

Perfekt

Sofort stürmte das Mädchen zur Bar. Ihre Augen wanderten hastig zwischen den ganzen verschiedenen Flaschen hin und her, doch sie dachte nicht lange über ihre Auswahl nach sondern nahm so viele Flaschen wie sie tragen konnte, und ging damit in das riesige Badezimmer. Der Kronleuchter über ihrem Kopf verunsicherte sie und nach kurzem Überlegen ging sie doch wieder hinaus und in das kleine Klo direkt bei der Bar um die Ecke, hinein. Rose stellte die Flaschen in einer Reihe auf den Boden. Sie betrachtete sie kurz und huschte noch einmal hinaus um die gleiche Menge an Flaschen genau parallel auf der anderen Seite aufzustellen. Das Mädchen hatte wieder nicht nachgeschaut, um welche Art von Alkohol es sich handelte. Dies war auch wirklich unwichtig bei ihrem Vorhaben, sofern es die richtige Wirkung erzielte.

Sie setzte sich also vor die Toilette auf den Boden und klappte die Klobrille nach oben. Als Rose in das Klo hineinsah, drehte sich ihr Magen augenblicklich noch enger um und sie schnappte nach Luft. Es war komplett sauber und stank auch nicht, dennoch wurde bei diesem Anblick wieder ihr gesamter Zustand ins Bewusstsein gerufen. Zwischen insgesamt 6 alkoholischen Flaschen saß sie da. Rose zwang sich jetzt einfach an die letzten Tage zu denken, an all die Scheiße die passiert war und auch an Asher, den Druck, den er ihr gemacht hatte und darüber, zu was er sie gedrängt hatte. Sie war vollkommen wütend auf ihn. Es war ihr absolut egal, wie sie seine Suite verlässt, welche Sauerei sie hier auch machen würde. Er wusste nicht, dass sie hier war, es interessierte ihn ja auch nicht und er selbst lag bestimmt zu diesem Zeitpunkt mit Bethany, Celia oder einer anderen Tusse im Bett. Angewidert spuckte Rose ins Klo danach nahm sie die erste Flasche, las nicht einmal das Etikett und stülpte sich eine doch recht dickflüssige Masse in den Mund. Ein nach Nüssen und Marzipan schmeckender Geschmack machte sich in ihr breit und sie spuckte den großen Schluck sofort wieder aus. Likör! Das widerlichste überhaupt. Den Geschmack wollte das Mädchen so schnell wie möglich wieder weg bekommen und sah nun genauer die anderen Flaschen an, nachdem sie die Likör Flasche von sich wegrollte.

Rose entschied sich als nächstes für ein Bier. Sie setzte sich etwas näher wieder zu der Klobrille, da ihr von dem Likör wirklich noch schlechter wurde, obwohl sie ihn nicht einmal hinunterschlucken musste. Der Verschluss der Bierflasche war zum Glück zum drehen, danach legte sie sich die Öffnung an die Lippen und kippte sich dann das Bier hinunter. Rose versuchte so viel wie möglich zu trinken ohne abzusetzen, damit sie danach kotzen konnte. Der Alkohol floss ohne weiteres durch ihren komplett Lebensmittel leeren Körper durch. Nichts passierte. Konnte das denn möglich sein? Warum musste sie nicht kotzen, fragte sie sich als sie auch schon die nächste Flasche suchte. Dem Mädchen war elend zumute doch ihr Körper tat ihr nicht den Gefallen, sich zu erleichtern, denn da war ja nichts, was sie hinaus erbrechen konnte. Sie leerte sich den Rest des Bieres auch noch hinein, doch auch jetzt geschah nichts. Dann dachte Rose, sie hätte die Idee, denn sie holte doch noch einmal die Likörflasche. Sie hielt den Atem an, als sie ihn schon nur roch wurde ihr so schon speiübel. Wenn sie den hinunterschluckte, dann musste einfach alles hochkommen, anders konnte es nicht sein, davon war das Mädchen überzeugt. So überzeugt, dass sie erst einen Schluck trank, der sie schon kurz zum würgen brachte aber mehr auch nicht und dann ein zweites Mal ansetzte, mit ihrer anderen Hand die Nase zuhielt und versuchte, die komplette Flasche auszutrinken. Das gelang ihr nicht! Aber bestimmt um die zwanzig Schluck trank sie auf jeden Fall. Sie fühlte sich beinahe schwerelos, als sich ihr Magen für einen Augenblick lang entspannte. Doch keine zwei Sekunden danach, zog, verengte und verkrampfte er sich so sehr zusammen, als würde ein großer Knoten aus ganz vielen Einzelnen entstehen. Es fühlte sich für Rose an als würde man an zwei Enden immer fester zusammen ziehen und sie keuchte immer wieder laut auf. Gleich war es soweit, anders konnte es nicht sein. Sie röchelte und würgte angestrengt doch es kam einfach nichts hervor. Dem Mädchen war so unglaublich schlecht. Sie leerte sich ein paar Schluck Wein hinterher. Ihre Kehle brannte sofort und sie keuchte wieder laut auf. Ihre Lippen bebten, doch in ihrem Magen löste der Alkohol nichts aus. Warum konnte sie sich nicht einfach übergeben? Dann müsste sie sich doch endlich besser fühlen, mehr wollte sie doch nicht. Einfach alles Schlechte aus ihrem Körper vertreiben, schlafen und am nächsten Tag würde es ihr wieder gut gehen. Leicht verzweifelt fingerte sie nun nach der Wodkaflasche, da sie es einfach nicht länger aushielt. Zu der enormen Übelkeit nun auch dieses furchtbare Brennen in der Kehle, welches diese auch noch austrocknete. Rose atmete tief durch, schloss ihre Augen und trank. Sie trank einige große Schlucke von dem Wodka, als wäre es eine Saft- oder Wasserflasche. Mit jedem Schluck breitete sich das Brennen bis in ihre Lunge aus. Nach dem sechsten ließ sie die Flasche los, worauf sie am Boden zerbrach und der Rest auf den Boden herausfloss. Das war dem Mädchen absolut egal, denn sie umklammerte sofort den Rand der Kloschüssel und würgte und röchelte und keuchte, als würde sie gleich die halbe Welt ausbrechen. Doch nichts. Es kam absolut nichts hoch. Nichts außer ein bisschen Speichel der sich dadurch bildete. Rose´ Lippen bebten, ihre Hände umklammerten zittrig weiter die Klobrille und sie rechnete jeden Moment damit, sich augenblicklich erleichtern zu können indem sie alles Schlechte was sich in ihr befand auskotzen würde.

Ihr Herz hämmerte wild gegen ihre Brust. Die Tränen rannten ihr übers Gesicht und das gesamte Klo drehte sich bereits um seine eigene Achse vor ihren Augen. Warum kam nichts, warum? Es musste wirklich jede Sekunde alles hochschießen. Sie wollte nicht noch länger warten. Mit glasigem Blick sah sie neben sich, was sich noch für

Alkohol auf den Seiten befand. Ein Bier, dies war bestimmt zu schwach, das hatte am Anfang auch nichts ausgelöst. Eine Flasche Sekt, diese würde bestimmt wegen der Kohlensäure das Brennen erweitern, also auch schlecht. Eine Flasche Whiskey, wie auch eine Flasche Schnaps. Sie hatte beides noch nie getrunken, wusste aber von genug Leuten, dass es sehr stark sei. Rose entschied sich für den Whiskey, „Feuerwhiskey" stand auf der Flasche und sie erhoffte nun ein Feuer in ihrem Körper zu entfachen. Das Mädchen wollte, dass der Whiskey ihrem Körper den letzten Rest gab, damit er nicht anders kann, als das sie es auszukotzen musste, was auch immer das war, was sie so fertig machte. Also ließ sie weiter keuchend, die Klobrille komplett los um die Flasche aufzubekommen, denn sie zitterte so sehr, dass sie es mit einer Hand nicht mehr schaffte. Beinahe wäre sie nach hinten gekippt da sie sich vor lauter Schwindel kaum mehr aufrecht halten konnte, doch sie konnte gerade noch das Gleichgewicht halten. Als Rose die Flasche endlich offen hatte, stülpte sie sich den Inhalt einfach hinunter. Sie versuchte so wenig wie möglich zu schlucken und den Whiskey einfach in ihren leeren Körper fließen zu lassen. Sie zerstörte sich selbst damit. Sie hatte das erreicht was sie wollte, sie gab dem

Körper den letzten Rest und er konnte sich nicht länger wehren. Sie zerstörte sich. Fast die Hälfte des Whiskeys befand sich in ihr, als ihr Körper das Zeichen setzte. Es fühlte sich an, als würde ihr Magen explodieren. Sie zuckte komplett zusammen und ließ auch diese Flasche einfach auf den Boden fallen. Sie röchelte und röchelte, sie hatte das Gefühl zu ersticken. Rose weinte bitterlich, spürte aber, dass in ihrer Kehle etwas hochkam. Angestrengt versuchte sie es raus zu würgen. Das Mädchen hielt sich wieder an der Klobrille fest, doch sie wurde immer schwächer. Scheiße verdammt, sie spürte es bereits! Sie wollte sich nicht noch einmal etwas in den Magen leeren, es war doch schon so nah. Doch sie fand keinen anderen Ausweg. Furchtbar schwindelig und mit verschwommener Sicht aus einer Mischung von den Tränen aber auch von den Auswirkungen des Alkohols, suchte sie die noch heile Schnapsflasche. Währenddessen würgte sie weiter und sie hatte ihren Kopf nicht mehr unter Kontrolle. Er bewegte sich in alle möglichen Richtungen, ohne dass sie ihn selbst richtig lenkte. Da entdeckte sie die Flasche und schraubte sie mühselig auf. Sie wollte nach ihr greifen, doch sie packte ins Leere und verlor das Gleichgewicht. Ihr Oberkörper fiel seitlich zu Boden. Ihr gesamter

Körper zuckte und bebte weiter. Ihr Oberkörper hob und senkte sich außergewöhnlich schnell und sie schwitzte stark. Rose ließ ihre Hand über den Boden streichen, auf der Suche nach der Flasche. Sie hörte nicht auf. Jedoch hörte auch weder das Keuchen, Würgen und Röcheln auf. Sie hyperventilierte und hatte Schwierigkeiten ausreichend Luft zu bekommen. Der Raum drehte sich gewaltig, sie hatte das Gefühl als würde sie sich selbst in die gegen gesetzte Richtung mit drehen. Gleich würde sie auch Sauerstoffmäßig platzen, denn sie stieß die Luft immer und immer wieder nur aus ihren Lungenflügeln heraus und hatte keine Möglichkeit einzuatmen. An einer der zerbrochenen Flaschen, riss sie sich eine Wunde in die Handfläche und der Alkohol der sofort diese berührte, ließ das Mädchen vor brennendem Schmerz aufstöhnen. Doch sie ließ nicht locker und da hatte sie sie endlich ertastet. Mit letzten Kräften zog sie den Schnaps zu sich und schaffte auch diesen pur in ihren Körper zu kippen. Ihre Finger gaben nach, sie zitterten so heftig, dass sie die Flasche nicht mehr halten konnte und auch diese kippte nach einer relativ großen Menge, um. Sie zerbrach nicht, da Rose bereits am Boden kauerte und der Weg zu diesem somit nicht weit war. Nur wenige Tropfen schwappten auf den

Boden. Das Mädchen röchelte immer weiter und da stützte sie sich plötzlich mit beiden Händen auf und stemmte ihren Brustkorb und Kopf in die Höhe. Blut! Dem Mädchen schoss Blut aus dem Mund. Sie spuckte es aus, als wäre es der Himmel auf Erden. Ihre Gedanken sagten es wäre Kotze, doch es war Blut, ihr eigenes, verunstaltetes Blut, welches durch den ganzen puren Alkohol keine andere Möglichkeit gefunden hatte als hinauszuschießen und sie dadurch zu warnen, sich nun gänzlich das Leben zu nehmen.

Das Mädchen erschlaffte und sackte wieder auf den Boden zurück. Weiter würgend spuckte sie mehr und mehr Blut aus und es lief aus ihrem Mund seitlich hinunter und auf den Boden. Es waren nicht nur Tropfen, sondern ein wirklich leichter Strahl, der noch nicht aufhörte abzuschwächen. Rose schloss ihre Augen und sie drehte sich auf den Rücken, weil ihre Muskeln weiter erschlafften. Ihr Atmen glich nur einem leisen Zischen, da sie weiterhin nur die Luft aus sich herausdrückte. Sie wirkte dadurch leicht aufgebläht. Ihre Haut war kreideweiß, also noch blasser als sie ohnehin schon war. Ihre Augenlider zuckten unregelmäßig doch öffneten sich nicht. Ihr Mund war noch einen Spalt breit offen und Blut lief immer noch aus diesem heraus. Durch das

Liegen in der Rückenlage, sammelte sich das Blut in ihrer Kehle und nur ein Teil schaffte es, hinaus zu fließen. Der Rest versperrte ihr nur immer mehr den Weg zur Sauerstoffaufnahme. Rose hatte sich selbst vernichtet. Am Weg zur Schönheit hatte sie sich erdrosselt, mit eigenen Waffen.

Ihre Finger zitterten nicht mehr und die Fingerknöchel quollen rot hervor. Der gesamte Körper des Mädchens klebte in einer Lacke aus ihrem eigenen Blut und Alkohol. Nur noch die Lippen bebten und würgten tonlos einzelne Blutstropfen hervor, während diese selber jedoch schon leicht lila wurden.

Da spürte Rose augenblicklich, dass sie ersticken würde und riss ihre Augen auf. Sie starrte auf die Decke und versuchte nach Luft zu schnappen, dabei schluckte sie ihr Blut wieder hinunter. Das war der Plan, doch die Menge, die in ihrer Kehle steckte, war bereits so groß, sodass es nicht funktionierte. Sie müsse sich drehen und all jenes Blut noch herausbrechen, um freie Atemwege wieder zu bekommen. Doch Rose war zu schwach. Sie schien bereits halbtot, wie sie da lag mit weit aufgerissenen Augen und dem von Totenblässe überzogenem Körper. Wie sollte sie es da noch schaffen sich zu retten?

Das Mädchen war geblendet, von grellem Licht,

welches sich vor ihren Augen ausbreitete. War es soweit, würde sie in den nächsten Momenten, sterben und von dem Licht eingesogen werden?

„Was zur Hölle?!"
Da stand auf einmal Asher in der Tür und starrte auf die, für ihn so aussehende, sterbende Rose. Die vier zerbrochenen und ausgelaufenen Flaschen, mit der Mischung aus den Scherben und dem Blut von Rose, welches auf ihr selbst wie auch auf dem Boden sich in erschreckenden Mengen befand, sah wie ein einziges Schlachtfeld aus. Asher ging sofort davon aus, dass jemand Rose das angetan haben musste und nicht, dass sie das ganz allein geschafft hatte. Wer jedoch zu so etwas im Stande war, wollte der Junge jetzt nicht herausfinden, denn Rose war tausendmal wichtiger! Er setzte sich zu ihr auf den Boden und legte sie sofort in eine stabile Seitenlage. Zumindest probierte er es, denn der Erste-Hilfe-Kurs war schon etwas her, den er gemacht hatte und er war selbst ja auch nicht ganz nüchtern, von daher war er sehr stolz auf sein Ergebnis. Stolz sollte er wohl aber nur dann sein, wenn Rose zu sich kommen würde. Da fingerte er nach seinem Handy um den Notruf zu wählen, der ist nie die falsche Lösung, aber wo war sein Handy?

Da keuchte Rose jedoch auf und er vergaß sofort wieder den Anruf.

„Rose, kannst du mich hören?"

Der Körper des Mädchens begann zum Zucken und Beben und Asher starrte sie nur an. Für ihn hatte es wieder den Anschein, als wären dass ihre letzten Bewegungen vor dem Tod, doch da würgte sie und erbrach mit einem erstickten Schrei, das gesamte Blut, welches sich in ihrer Kehle noch gesammelt hatte. Es hatte sich doch noch gelöst, durch die Seitenlage. Asher hatte ihr wohl gerade das Leben gerettet. Ob ihr das bewusst war, war eine andere Sache, denn sie erkannte ihn nicht einmal, so verschwommen sah sie alles, vor lauter Schwindel. Sofort bekam sie dadurch Angst, dass irgendein Typ hier war und ihre Lippen bebten. Aus diesen verfärbte langsam der lila Stich doch mit weiterhin aufgerissenen Augen, die aus den Augenhöhlen blutunterlaufen hervortraten, starrte sie Asher an. Rose setzte sich auf, wäre aber sofort wieder auf die Seite gekippt, hätte der Junge sie nicht festgehalten.

„Wie viel hast du denn getrunken?!"

Das waren die ersten Worte, die Asher nach dem Blutschwall den er richtig furchtbar und ekelig zugleich fand, herausbekam. Er hielt sie fest, spürte aber, wie wenig Halt sie sich selber geben konnte.

Er bekam keine Antwort und Rose erkannte auch nicht an der Stimme, um wen es sich hier handelte. Die restliche pure Menge Alkohol die sich noch in ihrem Körper befand, die sie nicht mit dem Blut ausgestoßen hatte, war für sie deutlich spürbar. Jedoch war es bereits so viel, dass es ihr nicht bewusst war, dass sie unter Alkohol stand. Sie wusste kaum mehr etwas von ihrer Aktion, die doch erst wenige Minuten her war.

„Mhhh."

Rose wollte etwas sagen, doch kein Wort kam über ihre Lippen.

„Komm, ich bringe dich ins Bett."

Asher merkte, wie er selbst auch schon müde wurde und musste ein Gähnen unterdrücken. Er hatte nicht mehr den Nerv hier zu sitzen, er wollte auch schlafen. Doch als er das Bett erwähnte, klingelte es in Rose Ohren, wie eine Glocke. Er, wer dieser er auch immer war, wollte mit ihr schlafen, jetzt, in diesem Augenblick. Da fiel ihr aber Asher ein und ihr Herz hämmerte bei den Gedanken an ihn, sofort schnell gegen ihre Brust und sie erkannte, dass sie immer noch Gefühle für ihn hatte.

„Nein…"

Mit vollster Konzentration gelang es ihr zu

sprechen, zumindest kam das eine ausschlaggebende Wort aus ihr hinaus.

Asher aber war es egal, was sie antwortete, er hatte vor schlafen zu gehen und sie kam mit oder nicht. Er wollte nicht mit ihr schlafen sondern sie nur neben sich haben, falls es ihr nicht gut ging. Da fiel ihm aber wieder die Rettung ein und er überlegte kurz, während er schon aufstand und Rose einfach mit hoch zog. Die Beine des Mädchens knickten leicht ein, weil es so ungewohnt war zu stehen und ihr Körper dies auch nicht ganz schaffte. Aber Asher half ihr, deshalb ging das. Doch für Rose war das eine reinste Qual, dass irgendein Junge, von dem sie nicht wusste, wer er war, mit ihr jetzt schlafen würde und er sie einfach zu sehr unter Kontrolle hatte. Doch das war nicht ganz richtig. Der Junge hatte vielleicht ihren Körper unter Kontrolle aber nicht ihre Gedanken und ihren Verstand. Rose atmete wieder schneller, als er mit ihr aufstand, doch sie ließ ihren Oberkörper seitlich fallen, mit der Hoffnung er würde sie trotzdem weiter bei den Beinen halten und sie schnappte sich die noch heile Bierflasche. So schnell konnte Asher dann auch nicht reagieren, denn gerade als seine eigenen Gedanken noch dabei waren zu überlegen wo sich denn jetzt sein Handy befand, schnellte die Flasche auch schon mit voller Wucht auf seinen Kopf und zerberste augenblicklich. Der Junge ließ mit einem Aufstöhnen von Rose ab und sackte in sich zusammen. Rose fiel mit ihm mit um zu Boden, denn sie konnte nicht so schnell reagieren und daher auch keine Kontrolle über sich gewinnen. Sie konnte es nicht fassen, dass das funktioniert hatte. Das Mädchen legte ihren Kopf ganz nah zu seinem um zu hören, ob er noch atmete. Er stöhnte immer wieder brummend auf. Erleichtert seufzte Rose.

Jetzt aber musste sie schnell sein, sie musste hier weg, weg von diesem Typ, der bestimmt bald wieder aufwachte. Rose sah immer noch alles verzehrt, also war es wirklich Glück, dass sie auch die Flasche sofort in die Finger bekommen hatte. Da hatte sie aber erkannt, dass noch eine zweite Flasche herumstand. Sie suchte sie tastend am Boden ab und blieb erneut in der aufgesprungenen Whiskey Flasche mit ihrer Handfläche hängen. Eine dünne Hautschicht wurde entfernt und der Alkohol ließ das frische Blut wieder brennen. Rose zog den Atem vor Schmerz leicht ein. Sie ertastete eine Flasche, das war aber eine andere, weil diese lag und vorher stand noch eine, also gab es noch eine Weitere. Rose schob die halb volle Wodkaflasche, die sie eben gefunden hatte immer vor sich her, während sie mit der anderen Hand über den ganzen Boden fuchtelte, bis sie endlich auch die Sektflasche erwischte. Rose nahm beide in die Hand und wollte aufstehen, was sich jedoch mehr als schwierig erwies, wenn sie keine Hand zum Anhalten frei hatte. Sie musste sich Prioritäten setzen. Doch ihr Kopf war zu schwer um jetzt logisch oder vernünftig zu denken. Sie gähnte und schloss die Augen. Nein, sie durfte jetzt nicht einschlafen! Das wurde ihr wieder klar, als Asher erneut leicht aufstöhnte. Das Mädchen zog sich leicht hoch um erst mal zu sitzen, das war der erste Schritt. Da spürte sie das Klo und sie hatte eine Idee. Leicht mühsam fingerte sie nach dem Klodeckel, den sie zuklappte, danach stellte sie beide Flaschen auf diesen ab. Nun zog sie sich an der Wand festhaltend hoch und schon stand sie obwohl das alles viel länger dauerte als es klingt, da es in ihrem Zustand absolut nicht einfach war. Mit wackligen Beinen und zitternden Fingern packte sie dann wieder die Flaschen und wankte, beinahe über Asher stolpernd, aus der Toilette hinaus. Durch ihre absolut schwache Sicht, stieß sie erst gegen die Bar, dann gegen die Wand und zuletzt stolperte sie über einen Mistkübel, wodurch sie endgültig das Gleichgewicht wieder verlor, doch durch die Wand die sich vor ihr befand, fiel sie nicht zu Boden, sondern diese stoppte ihren Fall. Rose hatte sich nicht einmal die Mühe gemacht und die Flaschen fallen gelassen um sich mit ihren Händen abzustützen. In ihrem Hirn war alles so matschig, das konnte ihr nicht mehr sinnvolle Befehle erteilen. Das Mädchen gab ein leicht unzufriedenes Geräusch von sich, dann aber setzte sie sich wieder torkelnd zu dem braunen eckigen Ding in Bewegung. Die Hotelzimmertür war das besagte Ding, wenigstens oberflächlich erkannte sie noch, was was war. Bis sie begriff, dass die Tür nach innen aufging, verstrich bestimmt wieder eine Minute, doch dann hatte sie es endlich geschafft und war außerhalb von Ashers Suite. Brav wie sie nun einmal war, hatte sie sogar die Tür wieder zugemacht.

Rose torkelte weiter bis dahin, wo die Treppen begannen. Ihr Oberkörper schwankte hin und her und sie startete ihre Füße nacheinander auf die Stiegen zu setzen. Diese Regelmäßigkeit hatte einen angenehmen Tatsch und sie wurde immer müder dabei. Die beiden Flaschen hielt sie jeweils eine in der linken und eine in der rechten Hand, am Flaschenhals, während sie gar nicht mehr richtig merkte, dass sie diese trug. Je schläfriger sie wurde, desto uninteressanter wurde auch das

Gewicht der Flaschen und sie hielt sie immer lockerer. Rose tappte immer und immer weiter die Wendeltreppe hinunter. Gut, dass ihr niemand begegnete, ein besoffenes und leicht blutverschmiertes, blasses Mädchen, sollte man im Charón nicht antreffen. Am liebsten hätte sich Rose auf die allerletzte Stufe hingesetzt und geschlafen, aber das war nicht höflich. Ja, sie konnte schlafen, aber erst zu Hause. Sie wankte aus dem Hotel hinaus und es war eigentlich ein Wunder, dass sie die Treppen nicht hinuntergestürzt war. Die kalte Nachtluft weckte Rose wieder etwas auf und mit ein klein wenig munteren Augen suchte sie ihr Auto. Nach etwa drei Minuten kam sie darauf, dass sie nicht einmal ein Auto besaß. Sie hatte sich bereits eine Gasse weiter geschlurft, und schleppte sich wacklig in keine bestimmte Richtung weiter. Rose hatte keine Orientierung, nicht einmal im nüchternen Zustand merkte sie sich gut Wege, aber wie sollte sie denn nun bitte bis zu ihrer WG kommen?

Darüber machte sich Rose keine Gedanken, weil dafür in ihrem Kopf nicht einmal Platz war, alles fühlte sich an wie eine labbrige Masse. Die Dunkelheit der Nacht gab ihr noch weniger Sicht, doch Rose achtete nicht einmal mehr auf den Verkehr. Es fuhren zwar so gut wie keine Autos, doch das ein oder andere kreuzte schon die Straßen.

„Mhhh."

Rose wurde wieder müder und ihre Augen fielen ihr während dem Gehen immer wieder für ein, zwei Sekunden zu. Sie schleppte sich immer weiter vorwärts, ohne einen Gedanken wohin sie ging. Das Mädchen ging wohl einfach nur so weit von Asher weg wie möglich, den Jungen den sie nicht erkannt und mit einer Flasche erschlagen hatte. Irgendwann, nach bestimmt schon einigen Minuten gehen, wurden ihre Knie wieder butterweich und sie ging immer niedriger werdend, bis sie schließlich am Gehsteig saß. Erschöpft ließ sie ihren Kopf gegen eine Hausmauer fallen. Einzelne Straßenlaternen waren das einzige Licht um sie herum. Sie würde so gerne schlafen. Als sie mit ihren Händen über ihre Augen fahren wollte, merkte sie, dass sie noch immer die zwei Flaschen in der Hand hielt. Sie blickte diese an. Fast direkt unter einer Straßenlaterne saß sie und diese machte den Alkohol leicht gelblich in ihren Augen. Im Unterbewusstsein, hatte sie eine kleine Seitengasse entdeckt im Lichtschein und ganz automatisch stand sie wieder auf, die Flaschen haltend und schleppte sich zu dieser weiter. Sie ging ganz hinein, weil es da so schön dunkel war. Es war eine Sackgasse. Das Mädchen verschwand in der Dunkelheit. Als sie scheinbar ihr Ziel erreicht hatte, gaben ihre Beine erneut nach und sie sackte zu Boden. Doch diesmal würde sie es nicht wieder in die Höhe schaffen. Ihre Augen schlossen sich ständig für ein paar Sekunden und öffneten sich dann aber doch wieder, blickten sich dann hastig um und schlossen sich dann wieder. So ging das bestimmt zehn Minuten lang. Rose zitterte am ganzen Körper vor Kälte. Sie hatte immer noch ihr blaues Kleid, die Stiefel und die schwarze Lederjacke an. Ihre Knie waren wund, sowie ihre Handflächen aufgerissen und ihre Jacke war mit Blut und Alkohol verschmiert und verklebt. Sie roch das gar nicht, nicht einmal den Geruch, der aus den Flaschen zu ihr drang. Das Einzige, was ihr Gehirn ihr noch vermittelte, war die Frage, was sich in diesen Flaschen befand und warum sie diese mit hatte. Denn nicht einmal das, wusste Rose. Doch ehe sich Rose eine Antwort darauf machte, donnerte ihr Kopf auf den Betonboden herab und ihr Blick verschwamm nun gänzlich. Der Schlaf hatte gewonnen.

Als Rose erwachte, schmerzte ihr Kopf so sehr, als würde jemand mit einem Hammer auf diesen schlagen, von innen und von außen, und nicht nur einer sondern auf jeder Seite mindestens zehn. Ihr Atem rasselte und sie stöhnte laut auf als sie ihre Augen öffnete. Sie lag immer noch in leichter Dunkelheit. Die Sonne war gerade am Aufgehen, es waren nur um die 4 Stunden, die das Mädchen durchgeschlafen hatte. Fest umklammert hielt sie die zwei Flaschen, deren Inhalt bereits eiskalt war. Auch der Körper des Mädchens war mit der Kombination des Alkohols leicht unterkühlt und sie spürte je mehr sie aufwachte auch, wie sehr sie fror. Ihre Kehle, ihr Gaumen und ihr gesamter Mund waren staubtrocken und sie musste dadurch stark husten. Vollkommen fertig sah Rose aus, mit ihren tiefen Augenringen, weiterhin blutunterlaufenen Augen und leicht geschwollenen Lippen durch die Kälte. Die Trockenheit kratzte so stark in ihrem Hals, sie hustete und hustete und wusste nicht was sie dagegen tun konnte. Das Husten schmerzte zusätzlich in ihrem Kopf, es verdoppelte beinahe das Hämmern. Träge ließ sie ihren Kopf hängen und sah dadurch in ihren Schoß, indem die beiden Flaschen standen. Ihr Blick war immer noch nicht der Beste, außerdem wusste sie nicht einmal wieso sie hier war. Ihr Gedächtnis war so gut wie ausgelöscht, was es mit den letzten 24 Stunden zumindest auf sich hatte. Mit eiskalten Fingern und nicht viel Gefühl in diesen, nahm sie die nicht volle Flasche und trank einfach wie die schlimmste Alkoholikerin, den Inhalt leer. Währenddessen fielen ihr ihre Augen zu und danach rülpste sie laut, worauf folgend sie dann seufzte. Wenigstens musste sie jetzt nicht mehr husten. Die Kopfschmerzen wurden nicht besser und sobald sie ihre Augen öffnete, drehte sich alles. Rose war ein Wrack.

Fast eine Woche hatte sie es durchgehalten nichts zu essen, doch dann kam der Alkohol seit letzter Nacht dazu, sie musste wirklich aufpassen, dass sie sich keine Alkoholvergiftung holte, doch nach ihrer Erinnerung, war dies der erste Alkohol seit einigen Tagen und da sich hier sonst nichts befand musste sie den Schnaps doch trinken, oder nicht? Naja, das war zumindest ihre Logik in dem Moment. Rose hatte keinen Plan. Ihr war egal, warum sie hier war. Ihr war egal, was sie oder ob sie überhaupt jetzt irgendetwas machen sollte und ihr war auch egal, dass sie nicht wusste warum sie überhaupt hier war. Am liebsten würde sie weiterschlafen, doch ihre Beine wollten aufstehen. Stöhnend versuchte sie sich also aufzurichten, mit einer Hand, denn in ihrer linken befand sich natürlich in zittrigem Griff die Sektflasche. Rose seufzte erneut. Die Wände der Gasse drehten und bogen sich in alle möglichen Richtungen. Sie konnte nicht erkennen, wo die Mauern nun tatsächlich waren und schwankte auf gut Glück los. Rose tappte herum, die Schritte waren nicht groß. Ihr ging schließlich die Flasche auf die Nerven, da sie ihre Hand gerne in ihrer Jackentasche verstecken wollte, um sie zu wärmen und anstatt sie einfach abzustellen und weiterzugehen, setzte sie auch diese wieder zum trinken an… wer hätte es gedacht. Auf beiden Seiten der Mundwinkel, tropfte der Sekt wieder hinaus. Ihre Lippen zitterten nämlich ebenso und das Trinken stellte sich als weitaus schwieriger als vor noch ein paar Minuten heraus. Sie schlürfte die prickelnde Flüssigkeit aus der Flasche. Dessen Kälte zog ihren Magen enger zusammen. Rose merkte es diesmal nur kaum, man konnte sagen, sie war schon etwas immun. Immerhin ging sie seit einigen Stunden immer wieder an und über ihre Grenzen hinaus. Da drang plötzlich eine Frauenstimme an ihr Ohr, mit Schlagzeug und Gitarrensound. Wo kam das denn nun her? Bis das Mädchen begriff, dass ihr Handy läutete, verstrichen einige Momente. Zum zweiten Mal begann gerade ein Lied von Adele, da schlug sie mit Stirn und Sektflasche gegen eine Mauer. Ihr Körper verharrte, als würde er an dieser Stelle festkleben. Als die Flasche gegen die Mauer stieß, wurde sie kräftiger gegen Rose` Gesicht gedrückt und fiel danach zu Boden, wo sie klirrend zerbrach. An Inhalt waren sowieso nur noch die letzten Tropfen drinnen, der Rest aufgeteilt auf den Boden getropft und in dem stark alkoholisierten Magen des Mädchens. Wenn das Handy nicht zum dritten Mal das Lied abgespielt hätte, wäre sie vermutlich wieder eingeschlafen. Nun fingerte sie benommen nach dem Handy, welches sich in einer der Seitentaschen der Lederjacke befand. Eyleen, stand am Display, Rose konnte den Schriftzug allerdings nicht erkennen. Sie drückte auf den grünen Hörer, kurz bevor das Lied wieder aus war und presste sich angestrengt mit bebenden Fingern das Handy ans Ohr.

„Rose?! Bist du endlich dran?!"

Eyleen klang leicht gestresst aber auch sehr besorgt.

„Mhm…"

Mehr brachte Rose nicht aus sich heraus, selbst das musste sie mühsam hervor pressen.

„Wo bist du? Du musst dich fertig machen! In drei Stunden musst du los!"

Rose hatte keine Ahnung wovon ihre Mitbewohnerin sprach. Ihre Augen fielen zu und sie keuchte leise ins Telefon, als sie sich weiterhin

an die Mauer gepresst, an dieser hinunter zu Boden
sinken ließ und sich ihre Stirn somit wund riss.

„Rose! Verdammt, was ist passiert? Ich wach auf
und du bist nicht da, Asher geht nicht ans Telefon
und dich hab ich auch erst nach dem fünften Mal
endlich erreicht und jetzt..jetzt kann ich nur sagen,
dass du überhaupt nicht gut klingst. Wenn alles in
Ordnung ist, dann sag jetzt bitte was und wenn
nicht dann sag mir wenigstens wo du bist… dann
hol ich dich ab und ich bring dich in unsere WG."
Eyleen rasselte die Worte nur so in den Hörer und
Rose nahm nur die Hälfte wahr.

„Seitengasse…Charón..", schaffte es Rose zu
murmeln, ehe dem Mädchen das Handy aus den
bebenden Fingern entglitt und dieses wie die
Flasche kurz davor zu Boden stürzte.

Ihre beste und einzige Freundin konnte sie noch
verstehen und nach dem dumpfen Aufschlag den
sie noch mitbekam, fragte sie noch oft nach Rose,
doch da sie nichts mehr hören konnte, legte sie auf
und machte sich augenblicklich auf den Weg.

Vor Rose Augen verschwamm wieder die
Umgebung sofort, als sie die Augen öffnete um ihr
Handy zu suchen. Ihr war unglaublich übel, sie
brauchte unbedingt frische Luft. Rose war wohl
nicht klar, dass sie sich bereits draußen befand und
wollte daher so schnell es ging hinaus. Sie hatte

bereits vergessen, dass sie Eyleen eine Beschreibung verriet, wo sie sich befand, denn das wusste sie nicht einmal selbst. Nur ihr Unterbewusstsein und das hatte vorhin wohl aus ihr gesprochen. Nach fünf neuen Versuchen, wieder aufzustehen, gelang es ihr. Das Mädchen ließ sich erneut auf die Mauer fallen und atmete schnell ein und aus. Sie schwitzte wahnsinnig und konnte sich trotz dessen sie es doch gerade erst geschafft hatte, aufzustehen, sich kaum mehr auf den Beinen halten. Mit jedem Schritt den sie sich an der Wand gepresst, vorwärts zog, wurden ihre Beine schwerer und immer schwerer. Ihre Gedanken verließen ihr Gehirn und ohne irgendeine Stimme im Kopf, schleppte sie sich Meter für Meter voran und weg aus der Seitengasse. Sobald sie die Mauer nicht mehr neben sich spürte, hing ihr Kopf träge herab und sie hatte Probleme sich irgendwie aufrecht zu halten. Sie torkelte fast wortwörtlich blindlings herum, da auch ihre Augen meistens geschlossen waren. Sie hielt das Schwindelgefühl mit offenen Augen kaum mehr aus, mit geschlossenen wenigstens noch ein wenig. So bekam Rose auch nicht mit, dass sie auf die Straße torkelte. Auf die Straße, auf der ein Auto fuhr und anscheinend die Strecke auf der sie sich befand als Ziel hatte. Das

Mädchen blieb mitten auf dieser stehen und keuchte auf. Sie spürte einen stechenden Schmerz in der Brust und sackte auf die Straße hinab. Dem Fahrer des Autos wich jegliche Farbe aus dem Gesicht, als plötzlich vor der Motorhaube ein Mädchen stand und zu Boden krachte. Hatte er sie überfahren?!

Die Tür des Fahrers wurde aufgerissen und Eyleen sprang aus dem Wagen und kniete sich sofort zu Rose hinunter. „Scheiße verdammt!"
Sie drehte ihre Freundin auf den Rücken und bei ihrem Anblick quietschte sie kurz vor Entsetzen auf. Rose Gesicht war blutleer, ihre Augen rot, der gesamte Körper eiskalt, ihre Jacke wie auch ihr Gesicht noch etwas blutverschmiert, die Haare klebten an ihrem Gesicht, die Augenlider zuckten und der gesamte Körper bebte. Eyleen roch auch sofort die große Menge an Alkohol, da Rose normalerweise nie danach stank. „Scheiße, Rose!"
Eyleen rannen die Tränen hinunter und sie hob ihre Freundin hoch und zog sie in ihr Auto. Rose stöhnte dabei leicht. Eyleen setzte sie hin und schnallte sie an. Rose Kopf hing weiterhin schlaff von ihrem Körper hinunter und sie stöhnte dabei wieder auf.
Eyleen hatte Rose versprochen, sie nie ins

Krankenhaus zu bringen, auch wenn es notwendig sein würde, doch nun hatte sie wirklich Angst, dass es Rose umbringen könnte, wenn sie es nicht tun würde. Rose hatte damals gemeint, wenn sie einmal im Krankenhaus sein sollte, dann wäre sie sowieso schon so gut wie tot, von daher sollte Leena sie auf keinen Fall dahin bringen.

Daher fuhren die beiden nun so schnell es ging zurück in ihre WG. Während dem Weg wachte Rose wieder auf, doch sie öffnete nicht ihre Augen. Erst, als Eyleen es geschafft hatte, sie hineinzubringen. Sie konnte gehen, wacklig aber immerhin und das beruhigte Eyleen schon ungeheuer.

„Wir ziehen dich jetzt erst mal aus und du nimmst eine ganz lange heiße Dusche, ja? Danach geht es dir bestimmt gleich besser. Mach dir keinen Stress, wir schaffen das!"

Mit diesen Worten begann Eyleen, Rose ins Bad zu bringen und sie dort auszuziehen. Sie hatten schon lange keine Hemmungen davor, sich gegenseitig nackt zu sehen und Rose nahm sowieso alles nur zur Hälfte und weiterhin verschwommen wahr. Eyleen half ihr in die Dusche und setzte sie hinein.

„Du brauchst nicht stehen, streng dich so wenig wie möglich an und versuche komplett zu entspannen."

Eyleen bekam nie eine Antwort von Rose, aber sie war zuversichtlich, dass sie es wenigstens hörte und aufnahm was sie sagte. Sie drehte ihr das Wasser noch ein wenig wärmer als lauwarm auf, sodass es angenehm und nicht zu heiß war und schloss dann die Tür der Dusche.

„Ich lasse die Badezimmertür offen, falls was nicht stimmt, kann ich dich hören."

Eyleen verließ kurz lächelnd das Bad und ließ sich im Wohnzimmer für einen Moment aufs Sofa fallen.

Rose´ Kopf klebte an der Fließen Wand des Badezimmers und sie seufzte. Das warme Wasser brachte ihr Blut wieder zurück in den Körper beziehungsweise ließ es wieder normal durch ihren Körper fließen. Sie hatte weiterhin die Augen geschlossen und hörte endlich auf gegen den Schlaf anzukämpfen. Eyleen sprach vom Entspannen, also durfte sie jetzt auch endlich schlafen. Um sie herum dampfend, tauchte sie in die Welt der Träume ein.

„Rose?"

Nach einer Stunde klopfte Eyleen an der Tür der Dusche an. Sie war weiß und nicht durchsichtig, deshalb sah sie nicht, was Rose dahinter trieb.

„Ja?", kam jedoch sofort, zwar mit noch müder Stimme, eine Gegenfrage.

„Ist alles in Ordnung bei dir?"

„Ja, alles gut."

„Brauchst du irgendetwas?"

„Nein, ich wäre nur gerne noch etwas hier, falls das okay ist…"

„Ja klar, ich wollte nur sicher gehen. Ich lass die Badezimmertür weiterhin offen."

„Ist gut, danke."

Eyleen ging wieder aus dem Bad hinaus und war über Rose sicheren Tonfall in ihrer Stimme wirklich glücklich. Sie hatte sich ehrlich gut erholt. Natürlich ging es ihr weiterhin beschissen, aber nur in dem Ausmaß wie es vor ihrer Aktion in Ashers Suite war. Übelkeit und Kopfschmerzen mit ein wenig Schwindel in Kombination. Rose war wirklich blass, sie hatte viel Blut verloren beim brechen, aber nicht so viel, dass sie dadurch weitere Symptome bekam.

Nach dieser unendlich langen Dusche, war die Haut des Mädchens ziemlich aufgeweicht aber das war ihr egal. Sie fühlte sich für ihre Verhältnisse relativ in Ordnung und sie war Eyleen unfassbar dankbar. Rose wüsste nicht was sie hätte tun sollen, wenn sie vor dem Auto von jemand anderem zusammengebrochen wäre. Dieser hätte sie hundertprozentig in ein Krankenhaus gebracht, doch das hätte sich Rose niemals verziehen.

Vielleicht hätte sie es dort zu Ende gebracht, wenn sie dort erwacht wäre.

Doch mochte sie sich keine weiteren Gedanken darüber machen, was sie getan hätte, wenn es anders gekommen wäre, denn es war ja nicht so gekommen.

Angenehm seufzend stieg Rose aus der Dusche hinaus und zog sich ihren Bademantel über. So verließ sie das Badezimmer und trat ins Wohnzimmer, wo sich Eyleen befand, hinaus. Diese kam sofort zu Rose und umarmte ihre Mitbewohnerin.

„Jage mir nie wieder so einen großen Schreck ein, hörst du?"

„Versprochen!"

TAG 7

Vor dem zweiten Lauf hatte sich Jack 2 Burger, Pommes und eine Cola hineingestopft. Das war für seine Verhältnisse nicht viel. Er hätte fast vergessen, dass er ja was vorher essen sollte und hatte das noch schnell gemacht.

Für Rose war es der siebte Tag, wo sie absolut nichts gegessen hatte.

Rose hatte Kopfschmerzen beim Laufen und ihr wurde wieder schwindelig. Das Mädchen knallte mit voller Wucht gegen einen Baum, torkelte langsamer weiter, musste sich manchmal bei Bäumen festhalten, konnte das Tempo nach fünf Minuten wieder aufbauen, die Kopfschmerzen vergingen nicht so schnell.

Jack dachte erst, dass es wirklich besser ging, aber würgte während dem Laufen schon ab und an hoch, Kotze kam hoch, aber er schluckte es hinunter. Dadurch lief er nicht so konzentriert. Eine kürzere Slalom Strecke, die in diesem Lauf eingebaut war, gab ihm den Rest und er lief kurz auf die Seite und übergab sich in die Büsche. Nach dem einmal kotzen wollte er weiterlaufen, ihm war jedoch total übel und eigentlich musste er sich weiter entleeren, wenn er weiterlaufen wollte. Der Junge würgte die Kotze immer ab.

Rose gewann und Jack ging nachher nichts mehr

essen, sondern direkt nach Hause. Der Junge legte
sich schlafen und musste sich daher nicht
übergeben. Alle anderen gingen ebenfalls nach
Hause, Rose musste sich daher nicht rechtfertigen
warum sie selber nichts aß. Am Abend trafen sie
sich alle wieder und Rose konnte Jack überreden,
das mit dem Nichts essen nochmal und richtig
auszuprobieren, da sie es vor den anderen reden,
dachten diese dann nämlich auch, dass Rose aß
und verwarfen ihre Idee, dass sie kaum mehr aß.
Genaue Anleitung, was man so essen sollte:
Ausgewogenes Frühstück ist immer gut – Jack
meinte, dass macht er sowieso – und dann vor dem
Lauf zu Mittag nicht wenig sondern viel und
gesund bleiben, aber Vor- Haupt- und Nachspeise
am besten. Eine Cremesuppe, Toast, Brötchen,
wenn er ein Feinschmecker ist gerne auch Anti
Pasti,… Nudeln mit Soucen und Gemüse drauf,
Hühnerfilet, Reis und Hühnchen, Semmelknödel,
gefüllte Paprika, Gemüselasagne, mit Salat
natürlich… Palatschinken, Erdbeerknödel,
Früchtekuchen,… mit Kompott natürlich.
Natürlich hatte man dann nach dem Laufen, einen
vollen Magen und sie wollte ja nicht gleich wieder
alles zunehmen, was sie abgelaufen hatte. Rose
zwinkerte.
Sie zählte auf, was ihr so in den Sinn kam, was sie

gerne essen würde und machte sich dadurch dann noch mehr Spaß mit Jack. Ihr gefielen ihre Lauf Zeiten und er würde schon sehen, was er davon hatte. Wenn er sich nicht einmal nach Fast Food übergeben hatte, dann würde er es auch nicht von etwas Normalem. Ihre Logik, da er es ja verheimlichte.

TAG 8

Vor dem dritten Lauf hatte Jack wie immer ein ausgewogenes Frühstück und zu Mittag eine Suppe, Fleisch, Gemüse, Salat, Spiralnudeln, Souce, Teigtaschen Topfenstrudel mit Vanillesouce und zu guter Letzt ein Früchtekompott.

Für Rose war es der achte Tag ohne etwas zu essen.

Jack raste die Strecke entlang und nach kurzer Zeit begann sein Magen schon zu arbeiten und zu gurgeln. Das Tempo brachte starke Übelkeit mit sich und da er nicht stoppte, wurde ihm zusätzlich schwindelig dabei. Der Junge fragte sich, wie Rose das nur machte, doch er musste das unbedingt auch schaffen. Das Essen steckte bereits in der Kehle fest und würde er seinen Mund aufmachen, würde wohl sofort alles hinausschießen. Mit leichter Benommenheit raste er weiter. Jack fühlte sich elendig da ihm spei übel war, doch er wollte einfach nicht stoppen. Seine Beine flogen nur so über den Waldboden, die Hände hielten abwechselnd immer wieder seinen Mund zu. Sein Magen verkrampfte sich bei jedem weiteren Schritt und das Abwürgen des Essens, welches dringendst aus seinem Körper strömen wollte, wurde immer schwieriger, bis zu einer richtigen Qual. Dreißig

weitere Meter konnte er in seiner weiterhin
haltenden Geschwindigkeit laufen und schluckte
immer wieder alles hinunter was bis in seinen
Mund hochstieg. Doch sobald er beim Abhang
angekommen war und daher schräg nach unten
lief, hatte er das Gefühl als würde der gesamte
Inhalt seines Magens herumgeschleudert werden
und es stieg wie in einem Vulkan in seinen Mund
hinauf. Es brodelte nahezu und es war so
unglaublich ekelerregend, die Kotze abermals im
Mund zu schmecken. Der Junge schaffte es nicht,
es in sich drinnen zu behalten und ein paar
Brocken zermatschtes Essen, quoll in einer braun-
gelben Masse aus seinem Mund heraus. Er reckte
den Kopf in die Höhe und versuchte den Rest noch
in sich drinnen zu behalten. Nicht stoppen, bloß
nicht stoppen! Jack verringerte sein Tempo um nur
einen halben bis maximal einen km/h, also
eigentlich so gut wie gar nichts. Mit in die Höhe
haltendem Kopf lief er weiter. Scheiße verdammt!
Er röchelte wieder auf, als nach weiteren zehn
Minuten laufen, sich wieder alles in ihm zu
rotieren begann aber diesmal schien es nicht
wieder zu verebben, denn das Gefühl wurde nur
immer und immer schlimmer, bis Jack die Dornen
Büsche passieren müsste, doch geradewegs auf
diese zusteuerte. Er stürzte in diese hinein,

stemmte sich auf allen Vieren auf und kotzte in das Dornengestrüpp. Der Körper des Jungen schlotterte vor Anstrengung und ankommender Schwäche des Erbrechens allmählich schon, doch er konnte einfach nicht aufhören, sich zu übergeben. Sein Magen war vollkommen gereizt durch das schnelle Laufen, nach der Menge an Essen. Doch Jack hatte das Gefühl als speie er nicht nur die heutige sondern auch die Mahlzeiten der letzten Tage, falls sich die noch in ihm befanden, aus. Irgendwann konnten seine Hände, das Gewicht seines Körpers nicht mehr aushalten und der Junge kippte seitlich in die Dornen. Einzelne stachen ihm in den Nacken, doch Jack fielen nur geschwächt die Augen zu.

Rose hingegen lief ohne Probleme die Strecke ab, außer dass immer wieder die Kopfschmerzen auftraten.

Vollkommen ausgelaugt erwachte Jack nach wenigen Minuten wieder. Der Gestank seiner eigenen Kotze, ließ ihn erneut würgen und ließ ihn aufstoßen. Jack rollte sich weg von dem Zeug, wobei ihn noch mehr Dornen stachen. Fertig und blass stand Jack wieder auf, rülpste noch einmal ordentlich und setzte sich dann auch schon wieder in Bewegung. Nichts anmerken, bloß nichts anmerken lassen, durfte er dann, wenn er das Ziel erreicht hatte. Im Bach, den sie noch überqueren mussten, würde er noch schnell seine Hände waschen, denn auf denen klebten auch noch ein paar letzte Spuren seines Erbrochenen.

Rose hatte wieder gewonnen, um stolze fünfeinhalb Minuten war sie vor Jack im Ziel angekommen. Jack war absolut geschafft und ließ sich ebenfalls wie jedes Mal ins Gras fallen. Sein Magen fühlte sich noch immer unglaublich gereizt an.

Jack verabschiedete sich bei den beiden und rann zurück zu seiner Wohnung. Dadurch reizte er die Kotze in seiner Kehle nur noch mehr, aber er wollte sich keinesfalls auf dem Weg übergeben. Der Junge riss seine Wohnungstür auf, schleuderte diese wieder zu und lief direkt ins Badezimmer, wo er sich über das Waschbecken beugte und hinein erbrach. Er hatte keine Ahnung wie lange er da hing, doch der Ehrgeiz war größer. Rose meinte selbst, in der SMS in der er sie fragte, nach wie vielen Tagen sich ihr Magen sich auf die Umstellung gewöhnt hatte, vier-fünf Tage, wollte auch er noch weiter dran bleiben, auch wenn er morgen wahrscheinlich erst mal gar nichts aß, nach dem Brechorchester von heute. Oder doch? Damit das übermorgen nicht wieder das selbe wird. Jack tat Rose leid, würde sie wissen, dass es ihm so scheiße ging, doch so konnte sie sich selber einige Tage Zeit geben, in denen Jack nicht auf sie sondern nur auf sich selbst achtete.

TAG 9

Am neunten Tag, an dem Rose absolut keine
Lebensmittel zu sich nahm, fand zusammen mit
Jack, der vierte Lauf statt. Dieser hatte zum
zeitigen Frühstück diesmal nur ein Müsli, doch zu
Mittag aß er als Vorspeise eine Karottensuppe, als
Hauptspeise ein großes Putenschnitzel mit
Kartoffeln und zur Nachspeise, ein Stück
Schokokuchen.
Die zwei starteten an der Wettlauf Route.
Rose hatte kein Problem außer beim balancieren
über den Bach. Dem Mädchen war bewusst, dass
sie sich dadurch einen Minuspunkt geholt hatte.
Das hielt sie jedoch nicht ab, sondern ganz im
Gegenteil. Wenigstens vom zeitlichen wollte sie
dann wenigstens gewinnen und je mehr der
Abstand zwischen ihnen war, desto geringer war
der eine Minuspunkt von ihr. Zitternd lief sie
weiter, Rose war komplett davon überzeugt, dass
das Zittern wegen der Nässe da war, doch
eigentlich kam es von der in ihr aufkommenden
Schwäche.
Da erkannte sie auch schon das Ziel und ließ sich
erledigt ins Gras fallen. In ihrem Kopf hämmerte
bereits wieder alles und sie versuchte zu
entspannen, damit dieses verebben konnte.
Da die Strecke aus war, bevor das Schwächegefühl

so richtig dominant wurde, hatte sie jetzt nur mit den Kopfschmerzen etwas zu kämpfen.

TAG 11

Einen Tag hatten die zwei eine Pause gemacht, dann kam der fünfte Lauf. Für Rose war es nun der elfte Tag nichts zu essen. Die Pause brauchte Rose, weil sie eine Arbeit schreiben musste. Sie konnte sich nur schwer konzentrieren, da ihr dieses Fach aber lag, hatte sie eine drei geschafft. Jack hatte an dem Tag ganz normal gegessen, mit Frühstück und Mittagessen.

Die beiden haben sich dafür entschieden, dass sie das normale Training heute lassen und stattdessen einen zwei Stunden Lauf machen. Rose wollte vermeiden, dass Jack sieht, wie sie bei den Übungen absolut kein Gleichgewicht mehr hatte und auch meist schnell Pausen machen musste. Rose begann, während dem Lauf zu halluzinieren und sah Bäume und Tiere und dann sogar auch Asher an Stellen, wo sie sich nicht befanden. Dies passierte aus dem Grund, da es einen langen Teil der Strecke, nur monoton geradeaus durch den Wald, ging. Auf beiden Seiten gab es so einen, also trafen sich Jack und Rose dabei nicht. Das Mädchen rann, weil es ihre Beine taten, ihre Gedanken wie auch ihre Seele wurden immer unkonzentrierter und schwerer. Dadurch wurde sie immer müder und schläfrig schlossen sich ihre Augen des Öfteren von selbst. In einer bereits

tiefen Benommenheit, in der Rose lief, knallte sie
zwischenzeitlich gegen einen Baum, kurze Zeit
später blieb sie an einem Busch hängen und nach
etwa weiteren fünf Minuten, stolperte das
Mädchen über eine Wurzel und fiel der Länge
nach zu Boden. Sie bewegte sich nicht. Wenige
Sekunden später, nach denen sie ihre Augen
wieder öffnete, verkrampfte sich ihr Magen und
Rose keuchte auf. Mit zitternden Händen, stützte
sie sich am Boden auf und rappelte sich mit Hilfe
an einen Baum anhaltend, wieder hoch. Sie hatte
das Gefühl, als wäre sie auf einem Schiff, so
schwankte der Boden unter ihren Füßen in dem
Moment. Immer wieder keuchte das Mädchen auf.
Was war nur plötzlich los? Schwach blieb sie
weiter an den Baum gelehnt und versuchte einen
ruhigeren Atem hinzubekommen. Was würde sie
dafür geben, bereits im Ziel zu sein. Rose hatte
nicht einmal eine Ahnung, wie weit es noch war
oder wie lange sie bereits unterwegs war. Sie
musste weiter, das waren ihre einzigen Gedanken
und so schaffte sie es, sich von dem Baum
abzustoßen und den Weg fortzusetzen. Erst joggte
sie, dann erhöhte sie wieder ihr Tempo. Doch es
war schon weitaus schwieriger neue Energie zu
erlangen, da sie ihr selbst doch offensichtlich
fehlte. Doch irgendwie schaffte sie es, ins Ziel

ohne weitere Schwierigkeiten. Sie war nur um zwei Minuten langsamer als Jack und als sie endlich die Ziellinie überquerte, ließ sie sich schwach und völlig erschöpft hinfallen, wie jedes Mal, daher fiel es auch nicht auf, dass sie sich anders fühlte. Das Mädchen blieb wie immer etwas liegen, wurde aber nach kurzer Zeit sehr müde. Gunt und Jack lachten wegen irgendwas, was sie nicht gehört hatte, laut los und das riss sie dann doch wieder hoch, ehe sie wirklich eingeschlafen wäre.

Sie setzte sich leicht angestrengt auf, sah dann aber, dass nur Gunt steht und Jack selbst auch noch ziemlich in der Wiese kauerte. Darauf ließ sie sich auch wieder nieder und schloss ihre Augen. Gunt ging einfach und ließ die zwei so liegen, da sie absolut fertig waren und wohl beide einfach Schlaf brauchten. Er hatte ja keine Ahnung, dass jeder der beiden auf seine eigene Art, halb an der Ohnmachtsgrenze war. Rose wegen ihrer nichts Essen Schwäche und Jack wegen seiner Erbrechen Schwäche.

TAG 14

Heute würden Rose und Jack einen Nachtlauf veranstalten. Für Rose waren es jetzt genau zwei Wochen, in denen sie nichts gegessen hatte. Man sah es ihr bereits vor allem im Gesicht an, dass sie immer dünner wurde. Rose meinte selbstverständlich, dass sie eine Diät machte, in der Sport nicht zu kurz kommen durfte.

Jack hatte zwar endlich wieder seinen normalen Rhythmus beim essen, aber sein Körper zahlte es ihm immer noch heim. In den letzten 3 Tagen, hatte er kaum geschlafen, weil er an dem einen Tag feiern war und zwei Tage hatte er jetzt schon Streit mit Celia und nun wollte er sich endlich auspowern,

Rose setzte sich oft absichtlich in ein Restaurant, an dem Jack immer vorbeikam hinein und tat so, als würde sie extrem viel vor dem Lauf wieder essen, was für Jack und vielen anderen am Campus erstens zeigte, sie aß eh immer noch und es sei wohl wirklich eine ausgezeichnete Form von Diät, da Rose ja schon wirklich sichtlich ein paar Kilo weniger hatte und Jack sich dachte, vielleicht sollte er es doch noch einmal ausprobieren mit dem vorher essen, jetzt so übermüdet, würde ihm Essen auch sicher neue Kraft schenken und Rose tat es jetzt auch schon die ganze Zeit gut, dachte er, was jedoch kläglich scheitern würde und gerade passend kommend für Rose ihn auch teilweise vernichten würde im Nachtlauf.

Rose bekam plötzlich ein Stechen in der Brust. Schwer atmend, wegen auftretendem Herzrasen, lief sie weiter. Nach nur zwei weiteren Minuten, stieß dem Mädchen der Schweiß im Überschuss aus allen Poren. Die Bäume in der Dunkelheit verformten sich in ihren Augen immer wieder. Das alles waren Symptome eines Schwindelanfalls, was dem Mädchen jedoch nicht bewusst war. Nach nur wenig weiteren Laufschritten, klappte sie jedoch genau deshalb zusammen und blieb regungslos liegen. Sicher erst nach einer guten viertel bis halben Stunde erwachte sie immer noch schwer atmend, genauso wie auch noch dutzende Schweißperlen von Stirn, Nase und Achselhöhlen tropften. Dem Mädchen war unglaublich heiß, obwohl sie auf dem kalten Waldboden lag. Der ganze Zustand fühlte sich leicht betäubt an. Rose zog sich oben bis auf den Sport BH aus, durch die letzten zwei Wochen beinahe täglichen Laufens, konnte sie nun ihren komplett flachen Bauch präsentieren, der jedoch durch die nicht vorhandene Ernährung, kraftlos war und ihre Rippen traten schon schön hinaus. Rose rappelte sich wieder hoch und sackte nach nur ein paar Metern weiterlaufen aber wieder in sich zusammen und stürzte zu Boden. Ihr Brustkorb hob und senkte sich rasend weiter und auch die Schweißperlen auf Stirn, Nase und Kinn, hörten nicht auf, zu entstehen. Nach gefühlten Stunden aber nur wirklichen zehn Minuten erwachte sie etwas ausgelaugt, wieder. Nun fror Rose. Sie wollte aufstehen, schaffte es aber nicht einmal annähernd sich aufzusetzen also zog sie sich über den Waldboden.

Jacks Augen schlossen sich in dem Moment, als Rose gerade ihre wieder aufmachte, komplett, da er gegen die Holzbrücke stieß und vornüber ins Wasser klatschte. Er schluckte Wasser und musste husten, doch hatte sein Gesicht noch nicht wieder aus dem Bach gezogen. Der Junge würgte und erbrach schließlich eine ekelhaft braune Masse, die nicht mehr verebben mochte. Aus seinem zitternden Mund fielen immer mehr Brocken und eine gelbe Flüssigkeit floss um diesen herum, ebenso aus Jacks Gesicht. Halb verreckend anfühlend, legte er sich endlich auf den Waldboden und röchelte so noch leicht weiter. Der Junge spuckte noch immer und immer wieder weiter Erbrochenes aus, doch er erschlaffte dabei immer weiter. Rose ging es nicht besser.

Der Dreck auf ihr, war ihr scheißegal. Vor Kälte zitternd, zog sie sich nun bis zu ihrem Gewand. Ihr Kopf war furchtbar schwer und die Sicht war zusätzlich zur Dunkelheit noch trüb, wie durch eine schmutzige Glasscheibe.

Jack erhob sich irgendwie und lief schlaff und mit herunterhängendem Gesicht weiter. Immer wieder öffnete er seinen Mund aus dem er dann erbrach, solange bis er den Mund wieder schloss. Er war Hänsel und legte eine Spur. Eine Spur aus Kotze. Als würde er nur noch fürs Laufen wach sein, konnte er irgendwann nicht anders, als den Mund einfach offen zu lassen und so tropfte durchgehend braun-gelbe Flüssigkeit aus seinem Mund und hin und wieder fielen auch noch Brocken von irgendeiner Mahlzeit hinaus. Immer bleicher, wie ein Waldgeist, legte er den Weg hinter sich zurück. Seine Augen schlossen sich aber bald und in den nächsten Baum, der im Weg war, prallte er hinein und blieb an diesen gepresst stehen. Jack war komplett fertig eingeschlafen und rutschte allmählich an dem Baumstamm zu Boden hinab. Dort verweilte der Junge für die nächste Viertelstunde in der gleichen leicht verkrüppelten Position.

Rose zog sich keuchend wieder an und stand am gesamten Körper zitternd, auf. Laufen konnte sie nun nicht mehr, so gerne sie es noch weiterhin getan hätte. Den restlichen Weg legte sie im Gehen zurück.

Als sie bei der Lichtung ankam, war nur Gunt zu sehen. Ein leichtes Lächeln zierte sofort ihr Gesicht, denn sie war stolz darauf, dass sie sogar im Gehen schneller war als Jack.

Ungefähr sieben Minuten später kam auch endlich Jack an. Er war so unfassbar weiß im Gesicht und einfach völlig kraftlos.

„Tschau Leute… ich brauch Schlaf.", murmelte er direkt nachdem er angekommen war.

Der Junge wartete keine Reaktion ab, sondern ging einfach direkt von der Lichtung zurück zu seiner Wohnung.

Rose war so versessen darauf, weiter Sport zu machen und weiter nichts zu essen. Jack hingegen, war jetzt für eine Woche mit Celia weg, denn sie wollten sich bei dieser kleinen Reise wieder versöhnen.

Rose hatte nicht vor, das Laufen währenddessen zu vernachlässigen. Sie konnte sich Gunt „reservieren", dass er sie weiterhin stoppte, auch wenn Jack nicht da war.

TAG 16

Rose lächelte leicht, da sie mit ihrer Zeit mehr als zufrieden war. Ihre Augen waren so schwer und deshalb schloss sie sie lieber, sank sofort in tiefen Schlaf. Gunt grinste und fand sie wahnsinnig lieb, wie sie in der Wiese lag. Jedoch fand er sie nicht nur süß, sondern auch sexy und ließ sich von ihrem Anblick hinreißen. Der Junge setzte sich neben sie, machte ihren Pferdeschwanz auf und strich ihr mit warmen Fingern ihre Haare hinters Ohr. Rose öffnete erst leicht ihre Augen, als sich Gunts Lippen auf ihre Wangen legten. Sie wusste erst nicht, was los war, da er sich nicht vor sondern hinter ihr befand.

„Gunt,…was tust du da?"

Doch der Junge antwortete ihr nicht. Stattdessen fuhr er seine Lippen langsam, zärtlich weiter ihre Haut berührend, bis zu ihrem Hals entlang. Diesen benetzte er mit dutzenden von Küssen und liebkoste Rose. Das Mädchen erzitterte auf ihrem gesamten Körper. Was tat er da bitte? Sie war doch nicht eine der Tussen, die sich das über sich ergehen ließ oder es auch noch schön empfand. Als Gunt sich nun so auf sie setzte, sodass er sich mit seinen Beinen links und rechts in der Wiese kniend, war sie wieder hellwach und schlug nach ihm um ihn von sich weg zu drücken.

„Gunt! Was zur Hölle wird das?!"

Sie schaffte es irgendwie von ihm weg zu kommen und stand sofort auf. Gunt ging ihr mit schnellen Schritten nach, als sie versuchte wegzulaufen und schnappte dann nach ihrem Arm und zog sie betörend wieder zu sich. Der Junge spürte mit seinem festen Griff gut die Knochen, dass fand er auf seine Art und Weise erotisch. Er drehte sich mit ihr und drückte sie gegen den Baumstamm, der sich dadurch nun hinter ihr befand, als sie sich erneut von ihm losreißen wollte. Leidenschaftlich drückte er seine Lippen gegen Rose´, wobei das Mädchen die Luft einzog. Wie ekelhaft war Gunt eigentlich? Das hatte sie sich niemals von ihm erwartet. Der Junge ließ ihr absolut keine Möglichkeit dazu, ihn wegzudrücken, er war weitaus stärker und vor allem durchdachter mit der Situation. Er löste sich für einen Moment aus dem Kuss.

„Wohin möchtest du denn, mein Engel? Jetzt kannst du alles ausprobieren, was du schon lange wolltest."

„Ich bin bestimmt nicht dein Engel!" Warnend zischte sie die Worte.

„Alles ist gut Darling. Ich bin ja da."

Gunt aber legte seinen Kopf leicht schief und biss ihr spielerisch in den Hals worauf Rose nicht anders konnte als leicht auf zu keuchen.

„Deine WG läuft schon nicht weg, sie wird jetzt da sein genauso wie auch noch in ein paar Stunden. Du verlierst nichts, wenn du noch bleibst." Der Junge hörte ihr überhaupt nicht zu und versuchte sie weiter zu manipulieren, dass sie endlich auch Gefallen an der Sache fand. Gunt wurde zärtlicher beim erneuten küssen, sodass es ihr vielleicht auch gefällt und auch wenigstens eine Spur von sich aus noch blieb. Er hielt den Kuss weiter vertraut an, als würden sie das jeden Tag tun. Den Kuss an sich genoss er mittlerweile, auch wenn ihm die Person also Rose, egal war. Wegen diesem verdammten Baum hinter ihr, konnte sich das Mädchen einfach nicht aus dieser bescheuerten Situation heraus befreien.

„Du bist 19 Jahre alt, nicht wahr?"

„Ja, und du 20 also kannst du hinter Gittern kommen, wenn du noch weitergehst!" Sie zischte die Worte kalt, aber dennoch erkannte Gunt deutlich einen ängstlichen Unterton.

„19 und so wunderschön, du erhellst den kompletten Campus mit deinem Glanz. Ganz gleich wie viele Herzen du bereits geöffnet hast, meines zerspringt gleich, wenn du mir nicht eine Chance gibst." Der Junge hörte ihr gar nicht zu und sprach gefühlvoll und Rose´ Augen durch seine eigenen zum funkeln beginnen ließ. Dennoch ließ er sie nicht los und innerlich lachte er sich nahezu kaputt über diese Show. Rose begann langsam auf ihn herein zu fallen. Warum richtete er nur solche Worte an sie? Etwas davon musste doch wahr sein. Das Mädchen ließ sich ein wenig darauf ein und versuchte sich nun nicht mehr zu befreien. Was, wenn Gunt sie wirklich liebte? Was, wenn er gewusst hatte, dass sie ihn nicht ernst nehmen würde und deshalb sich für den aggressiven Weg entschieden hatte, ihr seine Liebe zu gestehen. Langsam aber doch wurde ihr Gesicht wieder freundlicher und sie lächelte ihn sogar ganz kurz etwas unsicher an.

Er beugte sich auf ihr Lächeln hin, noch näher zu ihrem Gesicht.

„Dann lass dich von mir entführen, wenn du schon mein Herz gestohlen hast.", flüsterte er es in ihr Ohr. Auf Rose´ gesamten Körper breitete sich eine Gänsehaut aus und sie sagte oder tat nichts was dagegen sprach. Leicht fasziniert wartete sie ab was nun geschah. Gunt nahm sie an der Hand, verschränkte seine Finger mit ihren und ging mit ihr ein wenig weiter in den Wald hinein. Rose kam ohne wenn und aber mit und beobachtete seine Gesichtszüge währenddessen, die sich sichtbar aufhellten. Sein Lächeln ließ Rose´ Herz warm werden. Gunt nutzte den Moment, der ihr anscheinend sichtlich gefiel um abermals seine Lippen auf die ihre zu legen. Diesmal war er sanft und gefühlvoll. Er musste sie erst für sich gewinnen, ehe er wieder mehr Gier zeigen konnte. Rose war eben nicht, wie die anderen Mädchen. Der weichere Kuss gefiel Rose und sie erwischte sich gedanklich dabei, als sie den Kuss sinnlich erwiderte. Warum sollte sie es noch verweigern? Es war schön und sie begann es wirklich zu genießen. Sie lächelte sogar kurz in den Kuss hinein. Jack spürte ihr Lächeln auf seinen Lippen, dachte aber nicht weiter darüber nach, weil er ja sonst über sie nachdenken würde und das würde er nicht wollen. Es ging ihm nur ums küssen und herumspielen. Der Junge hatte schon einige Erfahrung, mit denen Rose keinesfalls mithalten würde. Gunt hielt weiter den Kuss an und das war immer noch der selbe Atemzug vom Beginn. Absolut keine Schwierigkeiten hatte er damit. Er wollte das Ganze hier noch nicht beenden, er musste jedoch auf ihrem Niveau erst noch bleiben, damit sie weiterhin mitmachte. Dennoch wollte er schon weiter gehen also entschloss er sich für eine Kombination und Gunt drückte sie liebevoll wieder nach hinten gegen den Baum während er sie einfühlsam weiter küsste. Rose ließ ihn machen und ihr Herz hörte sie bis an ihre Schläfen pochen. Sie fand es gar nicht schlimm sondern nur noch schön, dass ein Junge sie endlich wieder attraktiver fand. Rose lobte sich selbst und dachte vielleicht wegen ihrer endlich guten Figur. Das waren natürlich Gedanken genug daran, um so weiterzumachen. Als sie erneut an den Baum gedrückt wurde, störte es sie gar nicht, hinter sich einen Widerstand zu spüren. Durch ihr sie weiß nicht mehr wievieltes Mal der Erwiderung des Kusses, spürte das Mädchen schon den Sauerstoffmangel und würde gerne Luft holen. Sie machte jedoch noch keine Anstalten, da es noch nicht ganz schlimm war und Gunt würde sich sowieso auch lösen, wenn es ihm genauso ging. Doch ihm würde es niemals so gehen, denn während all der Jahre des Erfahrung Sammelns an Frauen, hatte er eine Taktik beim Küssen entwickelt, wie er währenddessen auch Luft bekam.

So erwiderte er den Kuss noch weiter ohne Rose eine Möglichkeit des Luftholens zu geben. Er selbst hatte die Möglichkeit immer wieder aus den Mundecken leicht Luft in oder aus seinen Mund dringen zu lassen. Der Junge drückte sich noch ein wenig enger an sie heran und ließ seine Hände auf ihrer Taille und Hüfte entspannend auf und ab streifen. Rose gefielen seine Berührungen mit den Händen nicht, da es ihr wirklich mittlerweile schwer fiel, den Kuss noch zu genießen, da sie merkte, wie trocken es in ihrem Mund schon wurde, da ihr die Sauerstoffzufuhr fehlte. Noch ein letztes Mal erwiderte sie ohne Gedränge den Kuss, dann würde sie ihn von sich wegschieben. Sie konnte eindeutig nicht so lange die Luft anhalten wie er, aber sie wollte es auch nicht provozieren, da ihr Schwächegefühl schon wieder in sie einströmte und Rose wollte auf alle Fälle vermeiden, dass Gunt sie so sah. Der Junge fuhr dann langsam unter ihr T-Shirt und strich mit seinen Fingern sinnlich über ihre nackte Haut. Er spürte sofort die Rippen, die sich mehr als bei anderen Mädchen durch die Haut drückten. Doch wie erwähnt, stand Gunt auf so etwas und er löste in der Zwischenzeit den Kuss immer noch nicht auf, da er ja nicht wirklich ein Problem mit dem Atmen dabei hatte. Er grinste in den Kuss, da ihm das Spiel gefiel und es langsam auch auf seiner Wellenlänge war. Rose keuchte in den Kuss als sie seine Berührungen spürte und ihre Lippen begannen abrupt zum zittern, niemand hatte bisher ihren Körper in diesem Zustand betastet, nicht einmal sie selbst. Mit immer stärker werdendem

Schwäche- und Schwindelgefühl, versuchte sie ihn leicht von sich wegzudrücken und berührte ihn dabei auf seinem Bauch. Den Baum hinter sich fand sie nun doch auch nicht mehr gut, da sie jetzt Luft holen könnte, wenn kein Widerstand hinter ihr wäre, denn durch das Wegschieben von Gunt, drückte sie sich nur selbst noch mehr gegen den Baumstamm. Gunt spürte ein leichtes Zittern an seinen Lippen und wusste dadurch, dass bei ihr der Atem knapper wurde. Temperamentvoll und leicht gierig erwiderte er den Kuss nun, während er sie noch enger gegen den Baum dabei drückte. Sein Oberkörper war ihrem bereits ganz nah und er spürte ihr Herz wild pochen. Das Mädchen wimmerte und hatte keine Chance sich aus dieser Situation zu befreien. Wie konnte der Junge seine Luft nur so lange anhalten? Vor Rose Augen, verschwamm bereits ihr Sichtfeld. Sie war zu schwach um sich unter ihm hervorzuziehen und erschöpft ließ sie ihre Augen zufallen. Innerlich bekam sie Panik, was ihr nichts in dieser Situation brachte; sie wollte und konnte nicht mehr und hasste sich für ihre Naivität, dass sie sich doch auf ihn eingelassen hatte, nachdem es ihr als er sie noch bei der Ziellinie liebkoste, bereits vollkommen verstörend vorkam. Doch einzig alleine Gunt den Kuss nun fortsetzte, denn sie hatte weder den Reiz noch die notwendige Kraft, bei seiner nun wilden Art. Gunt ließ seine Hände zügellos weiter hoch gleiten und grinste in den weiter wilden Kuss hinein. Na komm schon, dachte er sich. Rose kämpfte mit sich, dass ihre Beine nicht vollkommen weg sackten, denn sie hatte riesige Angst davor, ihm nun ausgeliefert zu sein. Doch an weiteren Gedanken daran, dass er sich endlich lösen sollte, blieb sie beinahe nur noch an seinen Lippen hängen. Gunt verspürte ihre Schwäche und zog sie blitzschnell von Baum zu Boden. Er hatte sich dabei kurz von ihr gelöst, ehe er nun ihr Shirt hoch streifte und legte sich auf sie, am Boden seitlich abstützend, sodass er sein Gewicht nicht auf sie verlagerte. Der Junge ließ seine Lippen wieder sofort auf ihre hinab und glitt mit seiner Zunge zwischen die Lippen und spielte mit ihrer oder besser gesagt umwickelte ihre gierig. Rose fühlte sich absolut benommen als er sie anders hinlegte, bekam sie es jedoch nicht wirklich mit, als er ihr T-Shirt hoch streifte und es ihr schließlich gänzlich auszog. Beim Anblick ihres gesamten Oberkörpers, der dürr aber auch sportlich muskulös zugleich war, stöhnte Gunt erregt auf und als er ihr dann auch noch den Sport BH auszog, machte er sich zügellos an ihre Brüste ran. Er benetzte sie mit dutzenden von Küssen, biss spielerisch in ihre Haut und das Mädchen ließ ihn einfach machen, da sie handlungsunfähig war. Ihr kullerten die Tränen aus den Augen, als sie spürte, was er tat. Sie war so unglaublich schwach und enorme Kälte zog sich über ihren gesamten Körper. Gunt zog sich selbst ebenfalls sein T-Shirt aus und rieb seinen Oberkörper an ihrem als er sich wieder ihrem Mund widmete. Rose´ Zunge wurde durch sein starkes Umwickeln von seiner, genauso wie alles andere an ihr, handlungsunfähig. Das Mädchen röchelte leicht, da er immer grober wurde. Sie hatte das Gefühl, als würde er jeden Moment ihre Zunge aus dem Mund reißen. Sie konnte auch keinen Atem schöpfen, denn dazu bräuchte sie ihre Zunge. Ihre Augen waren geschlossen, während er sich weiter mit ihrem Oberkörper befriedigte. Noch spürte sie all seine Berührungen, doch nur mehr wie in einem Traum. Gunt glitt seine Hände ihren Körper entlang, und biss wieder spielerisch in ihren Hals hinein und drückte seine Lippen dann wieder eindringlich auf ihre.

„Alles ist gut Darling, ich bin ja da."
Dadurch dass sie keine Reaktionen von sich gab, er nur noch wilder den Kuss wieder begann und küsste sie lustvoll. Er hatte dabei kein bisschen echte Gefühle für sie, sondern wollte nur das

Küssen und ihren erotischen Körper. In diesem Kuss explodierte Rose Gedankenwelt nun komplett.

In ihrer Benommenheit bekam sie absolut nicht genug Luft, und er es durch seine eindringlichen und gierigen Küsse geschafft hatte, sie nun wirklich bewusstlos zu küssen. Rose´ Körper wurde komplett schlaff und ihr Mund würde sich auch schließen, falls er sich von ihr abwenden sollte. Das Mädchen war nun sein Spielzeug, welches nichts mehr von seinen Taten mitbekam. Gunt merkte natürlich, dass ihre Muskeln nachgaben. Er setzte sich auf sie drauf und küsste sie noch ein paar Minuten weiter, wobei er schon ab und an nun selber Luft holte, da er sie ja jetzt nicht mehr in diesen Zustand bringen musste. Während der weiteren Küsse, in denen Gunt ihr sehr wohl weiter den normalen Atemweg versperrte, wurde die Bewusstlosigkeit eine Spur größer. Der junge Mann, zog ihre Sportleggings so wie auch ihren Slip hinunter, ehe er sich selbst unten entblößte. Sein Glied glitt in Rose ein und er bewegte sich lustvoll und vollkommen erregt. Rose selbst bekam nichts davon mit. So war es ihm immer am liebsten. Gunt kam immer wieder, dass tat er ein paar Minuten lang, dann zog er sich selbst und auch Rose wieder die Hosen an. Er setzte sich noch ein letztes Mal auf sie drauf und presste seine Lippen noch einmal auf die ihre.

Seine Zunge spielte mit ihrer leblosen und er strich mit seinen Händen ihren Körper entlang, bis sein Lustgefühl erlosch. Der Junge zog sie wieder an, hob sie im Brautstil hoch und legte sie unter die Bäume gegenüber der Ziellinie, sodass es aussah, als wäre sie unter diesen nach dem Training eingeschlafen. Gunt bediente sich noch an einem ausgiebigen Gute Nacht Kuss und ein paar weiteren Berührungen ihrer Brüste, ehe er sich dann auf den Weg zurück zum Campus machte. Rose blieb leblos unter den Bäumen liegen.

Die gesamte Nacht lang blieb sie in der gleichen Position liegen und durch die bereits kühler werdenden Nächte, fühlte sich ihr Körper eiskalt an.

TAG 17

Nur ein bisschen abgelegen von der Ziellinie fand Abigail, Rose.

„Schau sie dir doch an, schrecklich sowas!"

„Magersucht pur, würde ich sagen. Kann man nicht übersehen."

„Jetzt ergibt alles Sinn."

„Ob Rose etwas aus dem Zusammenbruch gelernt hat?"

„Was, wenn Abby sie nicht gefunden hätte?"

„Irgendwann verreckt sie an der Magersucht."

„Vielleicht ist es auch Bulimie."

Verschiedenste Gespräche bekam das Mädchen am heutigen Tag mit. Sie ließ jeden, in seinem eigenen Glauben, denn die Wahrheit würde sie niemanden von ihren Mitmenschen hier erzählen. Vielleicht Eyleen, wenn sie jemals wieder auftauchen würde, aber nicht einmal da war sie sich sicher.

Eyleen war nämlich mit ihrem Freund in der Zwischenzeit zusammengezogen. Rose hatte das nur so beiläufig mitbekommen, weil sie mit ihrem Programm so beschäftigt war. Sie könnte jederzeit zu ihrer besten Freundin kommen, aber Rose wurde richtig zur Einzelgängerin und wollte nicht einmal den Kontakt mit ihr aufrecht erhalten.

TAG 18

Innerlich gab Rose auf, zum ersten Mal wollte sie von sich aus eine Pause machen und sie setzte sich auf einen Baumstumpf. Schnell atmete sie ein und aus und wollte sich ein wenig beruhigen. Heute lief sie sowieso nur für sich selber, da sie absolut keinen Kontakt mit Gunt mehr haben wollte. Der Schwindel verschwand erst nach guten zehn Minuten ruhig sitzen, dann ging sie die Strecke im Schritttempo fertig.

Rose stieß beinahe mit Jack zusammen, der plötzlich auch bei ihrem Ziel stand.

„Ich dachte mir schon, dass du ein Rennen machst."

„Jack… Hi… Tut mir leid, dass ich mich nicht gemeldet habe."

„Kein Problem. Ist alles in Ordnung?"

„Nein…" Rose schüttelte den Kopf und wusste nicht so recht, ob sie Jack von Gunts Taten erzählen sollte. Sie hat bisher mit niemanden darüber geredet. Sie zog sich sowieso immer mehr zurück, aber sie wollte auch alleine sein.

„Was ist denn los?"

Und dann erzählte sie ihm, was passiert war. Rose musste dagegen ankämpfen, dabei nicht los zu weinen.

Jack war komplett entsetzt und nahm Rose einfach

mal in den Arm. Er spürte ihre hervorstehenden Knochen, blieb aber still. Er würde sie ein anderes Mal darauf ansprechen.

TAG 19

Der Druck in ihrem Kopf wurde immer und immer größer, doch Rose schaffte es, weiterhin das Gleichgewicht zu halten und somit nicht gänzlich den Eindruck zu hinterlassen, als wäre sie gerade imstande, jede Minute in Ohnmacht zu fallen. Ihre Augenlider fühlten sich furchtbar schwer an und nur mit immer größer werdender Mühe, konnte sie diese geöffnet lassen. Das grelle Licht, welches sie wahrnahm, verflüchtigte sich wieder immer weiter. Am liebsten hätte sie ihre Augen einfach zugemacht, allem nachgegeben und wie bei ihr zu Hause geschlafen ohne von schrillen Glocken, Gerede oder Gelächter aufgeweckt zu werden. Dort konnte sie einfach schlafen, dass was sie zurzeit absolut am liebsten und einzigsten tat.

Als die Klassenkameraden von Rose, ihre Sachen zusammenpackten und nacheinander, über das Mittagessen redend, den Klassensaal verließen, verstand sie nach einigen Momenten, dass es nun auch für sie Zeit war, sich zu erheben. Daraufhin mühte sie sich ab, wirklich stehen zu bleiben, als sie es geschafft hatte, aufrecht zu stehen. Das Mädchen keuchte leicht auf, weil vor ihren Augen schwarze Kreise tanzten.

„Rose, haben Sie kurz Zeit, dass ich mit Ihnen

rede?"

Diese war eindeutig überrascht, dass ihr Professor nun vor ihr stand, erstens weil sie nicht wusste wieso und zweitens, weil sie ihn erst nach und nach erkennen konnte, durch die schwarzen Punkte, die sie bereits wahnsinnig machten. Ihr war einfach furchtbar schwindelig und sie würde keinen Schritt ohne bemerkbare Übelkeit in ihr, schaffen zu gehen. So ließ sie sich, nach diesen Worten erleichtert zurück auf ihren Sessel sinken und meinte währenddessen leise:

„Selbstverständlich."

Rose hatte nicht vor, ihre Höflichkeit abzulegen und dies schien bereits vielen Professoren sehr positiv aufgefallen zu sein.

Herr Lunauer setzte sich auf den Stuhl neben ihr und blickte sie leicht musternd aber freundlich lächelnd an.

„Nun."

Mit jedem Wort, welches er aussprach, fiel es Rose immer und immer schwerer dem Sinn dahinter zu folgen. Nicht weil keiner vorhanden war, sondern weil sich ihr Gehirn immer weiter schloss und sich auf Ohnmachtsmodus einstellte. Würde sie durch den Professor nicht den Drang haben, diesem

Gefühl zu widerstehen, wäre sie wohl irgendwo im Schulgang auf den Boden aufgeprallt und von sämtlichen Schülern nun endgültig entsetzt als dummes Knochengerüst eingestuft worden.

Nachdem er sich erhob, Rose noch einen schönen Tag wünschte und den Klassenraum verließ, atmete sie erleichtert aus, schluckte allerdings gleichzeitig schwer. Das Mädchen erhob sich erneut, knickte daraufhin aber sofort wieder ein, da ihre Beine nachgaben und so knallte sie auf den Boden, auf dem sie sich allerdings mit ihren Händen noch abstützen konnte. Das war wohl einfach viel zu schnell, die schwarzen Kreise tanzten wieder vor ihren Augen auf und ab und sie wusste nur durch den Halt der Hände, wo oben und wo unten war.

Da ging die Tür plötzlich wieder auf und Herr Lunauer trat erneut einen Schritt in die Klasse. Er meinte, er habe den Knall gehört und wollte wissen ob alles in Ordnung sei. Rose vermutete, er würde sich fragen, was sie unter dem Tisch nun zu suchen hatte und sie meinte nur, dass sie etwas suchen würde, da ihre Tasche umgefallen war. Der leichtgläubige aber keineswegs dumme Lehrer glaubte ihr, weil er keinen Grund sah, dass dies eine Lüge war und verließ zum zweiten Mal den Klassenraum. Rose′ Arme zitterten leicht. Das Mädchen gab der Ohnmacht aber erneut keine Chance zu kommen, da sie Lunauer hier nicht noch einmal, nach einem Aufprall erblicken sollte. Also setzte sich Rose erst einmal hin, kreiste den Kopf leicht, in die Richtung, in der die schwarzen Kreise vor ihr kurvten und wartete so ab, dass diese langsam weniger wurden. Vollends verschwunden waren sie nicht, doch Rose glaubte auch nicht daran, dass dies irgendwann der Fall sein würde, bevor sie sich nicht endlich hinlegte und schlief. Praktischerweise hatte sie ja Mittagspause und diese dauerte im Insgesamten beinahe eine Stunde und sie glaubte nicht, dass bereits viel Zeit mit Lunauer drauf gegangen war. Die notwendige Kraft um nach Hause zu gehen, hatte sie nicht, vor der Schule wollte sie sich auch auf keinen Fall einfach auf eine der Bänke im Park fallen lassen, also blieb ihr nur eine Möglichkeit, die sie für sich selber gut und praktisch empfand – die Toilette. Dort würde sie auch von der Glocke wieder aufgeweckt werden, sodass sie wieder pünktlich zur nächsten Stunde erscheinen konnte.

Das Mädchen schlurfte bereits den Gang entlang, der relativ leer war. Nur vereinzelt standen Schüler bei ihren Spinden um sich für die nächste Stunde auszurüsten um nachher direkt in die Klasse gehen zu können und dann nicht noch zu den Spinden zu müssen, wenn sie jetzt irgendetwas anderes vorhatten. Rose beachteten sie daher nicht wirklich. Nur ein Mädchen musterte sie etwas abfällig als sie sich bei ihr vorbei in die Damen Toilette hinein quetschte. „Es gibt genug Platz für zwei!" Sie schnaubte kurz und ging dann selbstbewusst den Gang weiter entlang.

Rose hatte das Mädchen, aber nicht den doch recht großen Abstand zwischen Wand und ihr gesehen, da die schwarzen Kreise wieder mehr und dichter vor ihren Augen wurden. Sie freute sich ehrlich, es endlich bis hierher geschafft zu haben und schwankte zur letzten Toilette, öffnete die Tür, zog diese hinter sich zu, sperrte noch ab, sodass keiner sie schlafend empfangen konnte und wollte am liebsten sofort umfallen. Sie war unglaublich froh darüber, dass die Toiletten Kabinen hier, keinen Spalt unten bei der Wand zur nächsten oder auch bei der Tür hatten, denn ansonsten würden ihre Beine dort hervorschauen und es würde sofort ein verstörtes und Besorgnis erregendes Bild machen. Mit diesen Gedanken und deshalb auch mit einem kleinen Lächeln in ihrem Gesicht, rollte sich Rose auf dem Boden vor dem Klo zusammen und schloss entkräftet und völlig geschafft ihre Augen.

Durch das schrille Geräusch der Glocke wurde sie nach einer guten halben Stunde aus dem Schlaf gerissen. Rose wusste sofort wo sie war, hatte allerdings absolut keine Lust mehr auf die letzten drei Stunden. 10 Minuten hatte sie nun Zeit, zum nächsten Klassenzimmer zu gelangen. Dies war ihrer Meinung nach Zeit genug. Da sie schon hier war, benutzte sie auch direkt die Toilette, ehe sie hinauskam. Sie wusch sich die Hände und ließ kaltes Wasser über ihr Gesicht laufen. Das machte wach, so hoffte sie, dass bis Schulschluss reichte.

TAG 21

Jack stoppte nun immer, seitdem er von Gunts Tat
erfahren hat; Chris, ein Freund von Gunt, ist nun
daher der neue Laufpartner für Rose, er ist erst neu
beim Laufen und daher der perfekte Partner. Rose
war in ihrem Zustand etwa immer noch gleich
schnell, wie er normal:

Rose hatte bereits manchmal Tage, wo sie nicht
einmal vernünftig stehen kann, da sie da schon
immer wieder einknickte und sich nicht halten
konnte, vor lauter Schwächegefühl. Doch da sie
seit Anfang an lief, sie das Laufen doch immer
wieder schaffte, wenn auch nun immer mit
irgendwelchen Symptomen währenddessen, doch
diese waren ihr egal. Man muss immerhin
Prioritäten setzen und ihre Priorität blieb einfach
absolut der Sport.

Rose und Chris starteten. Chris war die Route vor
Monaten schon einmal gelaufen, genauso wie
Rose. Der Junge beschleunigte sofort von null auf
hundert und preschte nur so die Strecke ohne
Schwierigkeiten entlang. Schön und gut, aber Rose
´ Tempo war schneller. So wild Chris sich auch
vorkam, das war wirklich noch kein Rekordtempo
was er drauf hatte.

Das Mädchen lief diesmal zwanzig Minuten ohne
auch nur ein einziges Symptom zu bekommen,

dann aber schlugen mehrere gleichzeitig zu und das Mädchen erkannte nun gar nichts mehr vor ihren Augen. Wo waren nur die Bäume hin, alles war absolut dunkel. Das lag jedoch nur daran, dass sich ihre Augen geschlossen hatten. Diese taten dies automatisch, da die Lider zu schwer wurden. Der Kopf hämmerte natürlich wie immer gegen ihre Schläfen und ihre Beine gaben nach. Das hasste das Mädchen am meisten. Sollte sie doch von ihr aus alles auf einmal haben, solange es nicht ihre Beine betraf, denn immerhin brachten diese sie ins Ziel. Von der einen auf die andere Sekunde, verschwanden ihre Gedanken, denn durch den harten Aufschlag auf einen Baumstamm mit dem Kopf, sank sie diesen entlang, auf den Waldboden hinunter.

TAG 23

Wasser trank sie bereits bis zu fünf Liter am Tag. Nach jedem Lauf, einen und das in wenigen Momenten. College Kameraden meinten auch nichts mehr dazu, denn Rose hatte oft genug von der Diät erzählt, wenn sie fragten. Und wenn ein Mädchen eine Diät machte, dann sollte man sie damit in Ruhe lassen, dass war auf dem gesamten Campus bekannt. Ein Klischee welches Rose daher mal gut fand. Im Unterricht bekam sie immer wieder mal Schweißausbrüche oder schlief über ihren Unterlagen / Arbeiten ein. Sie hatte Sehbeeinträchtigungen, die nur am Campus für sie bemerkbar wurden. Rose trank am Abend nicht mehr und ging nach den Kursen immer sofort schlafen. Manchmal machte sie davor noch ein paar Übungen. Wenn sie bei diesen in sich zusammensackte und irgendwann träge erwachte, blieb sie meist am Boden liegen und schlief dort gleich weiter, bis ihr Wecker wieder schrill läutete.

Rose verschlief den **28. Tag**

Sie besuchte nur noch die notwendigsten Kurse, ansonsten machte sie weiterhin Sport, allerdings alleine, da sie sich dann besser fühlte. Sie zog sich nach und nach, immer mehr zurück und da Eyleen mittlerweile bei ihrem Freund wohnte, kam ihr niemand in die Quere.

TAG 30

Das Mädchen schleppte sich laufend durch die ebenen Waldstrecken. Sie konnte kaum ihre Augen offen halten, obwohl sie den kompletten Tag geschlafen hatte. Ein unbeschreibliches Ohnmachtsgefühl machte sich in ihr breit und bald darauf lag sie auf dem kalten Waldboden. Rose erwachte erst nach ein, zwei Stunden in denen sie nach kurzer Ohnmacht, benommen weiter schlief. Mittlerweile war es dunkel geworden, bisher war sie noch nie so lange weggetreten gewesen. Sie lief nicht weiter, sondern ging wieder zurück, legte sich direkt mit ihrem Sportgewand ins Bett und schlief dort sofort, tief weiter.

TAG 33

Stunden später, irgendwann mitten in der Nacht wachte Rose auf. Sie hatte einen völlig ausgetrockneten Mund, durch den ganzen Schlaf.

Immer noch müde, stand sie auf und ging in die Küche. Absolut keine Lebensmittel standen herum, dafür etliche leere, halbvolle bzw. komplett volle 2 Liter Flaschen mit stillem Wasser. Rose nahm sich eine von den ganz vollen, doch sie musste sich hinsetzen um aus ihr trinken zu können, denn das Gewicht der Flasche, hätte ihre Beine zum einknicken gebracht. Wie sie die Flaschen in die Küche gebracht hatte, wusste sie schon gar nicht mehr, denn in ihrem momentanen Zustand, konnte sie zumindest nicht mehr als eine Flasche gleichzeitig tragen. Naja vielleicht zwei, aber ab dem Gewicht von drei, würde sie selbst vermutlich wieder am Boden liegen, da das Gewicht sie hinunterziehen würde. Jedenfalls trank sie ohne Probleme in einer Minute einen gesamten Liter leer, nach zwei, den zweiten und nach nicht einmal vier Minuten den Dritten. So viel Wasser hatte sie noch nie so schnell hintereinander getrunken.

Tag 34 & 35

Nachdem sie es schließlich wieder bis in ihr Schlafzimmer geschafft hatte, entschied sie sich nun dafür, sich umzuziehen. Rose schlüpfte also erneut aus ihrer Kleidung, die sie seit Ewigkeiten anhatte, etwas keuchend hinaus, da ihr dies bereits wieder nicht vorhandene aber notwendige Energie kostete. Das Mädchen ließ die Kleidung auf dem Boden liegen, öffnete die Schublade mit ihrer Nachtwäsche und zog das erstbeste Nachthemd hinaus, welches sie sah. Mittlerweile saß Rose ebenfalls auf dem Boden, als sie sich den hellblauen weichen Stoff über ihren Kopf zog und durch die Träger schlüpfte. Erschöpft von dieser Tat, krabbelte sie in ihrer frischen Wäsche, auf allen Vieren, zu ihrem Bett und zog sich angestrengt in genau dieses hinein. Ihr Kopf lag halb auf der Matratze und halb am Ende des Kissens, ihren Körper hatte sie in Embryostellung gelegt, wobei ein Bein wie auch ein Arm allerdings über die Bettkante hing. Vollkommen erschlafft blieb sie aber genau so liegen und döste bereits wieder vor sich hin. Ihre Gedanken kreisten nur um eine Runde Schlaf, die sie sich nun gerne gönnen wollte. Nicht einmal zwei weiteren Minuten hing sie diesem Gedanken nach und schon schlief das Mädchen wieder wie ein Stein.

Erst nach etwa 26 Stunden drängte sich ihr Gehirn wieder etwas mehr in den Vordergrund, denn der Druck in ihrer Blase war wieder da. Mehr als einen Tag lang hatte sie geschlafen ohne etwas zu essen aber auch ohne etwas zu trinken oder sonst

jegliche Tat, da das Umziehen ihr alle Energie
geraubt hatte, die sie sonst zum erneuten
Aufwachen und ein bis zwei Liter trinken,
brauchte. Im Halbschlaf rutschte sie allmählich
immer weiter mit dem Bein und dem Arm, die
beide aus dem Bett hingen, hinunter, bis sich
schließlich auch der restliche Körper bewegte.
Nach einer weiteren halben Stunde fiel Rose daher
aus dem Bett hinaus und landete mit ihrem
knochigen Körper auf dem Boden. Seelenruhig
schlief sie dort nach einem kurzen Aufseufzen
weiter. Um die zwei Stunden füllte sich der Druck
in ihrer Blase weiter an, erst dann war er so groß,
sodass das Mädchen ihre Augen langsam wieder
öffnen musste. Sie hatte überhaupt kein Zeitgefühl
und dachte sie hätte nur ein bisschen geschlafen,
da sie sich vollkommen übermüdet fühlte. Mit
zittrigen Händen, mit denen sie sich auf dem
Schlafzimmerboden etwas Halt gab um sich zu
erheben, schaffte sie es ohne sich zu fragen,
warum sie überhaupt da unten lag, aufzustehen.
Das Mädchen schleppte sich in Richtung Toilette,
musste jedoch auf dem Weg dahin, des Öfteren
innehalten, da sich die ganze Wohnung vor ihren
Augen in eine schwarze Masse verwandelte. Als
sie das Klo endlich erreicht hatte, hätte sie sich am
liebsten dort auf den Teppich gelegt und ihren

Schlaf fortgesetzt, doch so kaputt Rose auch war, zu einem Bettnässer wollte sie niemals werden. Da ihr Anstand auch jetzt gesiegt hatte, stolperte sie die letzten Schritte auf das Klo und entleerte ihre Blase, sobald sie auf diesem saß. Sie versuchte die Augen aufzureißen, um nicht während dem pinkeln einzuschlafen sondern sich zu konzentrieren, ihre Blase wirklich gänzlich zu entleeren. Rose war immerhin der Meinung, dass sie das letzte Mal ja erst vor ein paar Stunden und nicht vor mehr als einem Tag am Klo war. Ihr eigener Pinkelstrahl ließ jedoch ihre Augen zu und ihren Körper seitlich fallen, da er sich so beruhigend in ihren Ohren anhörte. Der Kopf knallte daher gegen die Fliesenwand und der Körper hing seitlich, da sie weiterhin am Klo saß. Rose merkte absolut nichts. Sie schlief nicht einmal, sie war einfach entkräftet, schwach wie noch nie und wollte einfach nur aus der Realität in den Schlaf abdriften. Sie wusste nicht, warum es diesmal nicht funktionierte, sie wusste nicht, was sie tun musste, um einschlafen zu können, doch sie war gerade nicht imstande irgendetwas zu tun, da weder ihre Gedanken noch ihr Körper etwas tun wollte.

Es war vielleicht eine halbe Stunde vergangen, als Rose vom Toilettenrand abrutschte und sie mit dem Gesicht voraus ein erneutes Mal den Boden „küsste", da ihre Reaktionen viel zu langsam waren um sich vorher noch mit den Händen abzustützen. Denn während sie daran gedacht hatte, wie sie einschlafen könnte, war genau dies bereits geschehen. Das Mädchen schien wie tot, so wie sie nun da lag. Rose´ Adern waren deutlich sichtbar auf ihrem dürren Körper zu sehen. Ihr Brustkorb hob und senkte sich langsam aber gleichmäßig, dies war das einzige Zeichen, dass sie noch lebte. Wie lange wusste keiner, sie auch nicht. Rose machte sich in ihren wachen Phasen, jedoch absolut keine Gedanken darüber, ob sie bald sterben würde oder nicht. Immerhin war sie doch noch so jung und nur weil sie müde war, hieß es doch nicht gleich, dass sie sterben würde. Deshalb wollte sie ja schlafen, sie half sich doch, dachte sie. Wenn jemand hungrig ist, isst er, wenn jemand Langeweile hatte, probierte er verschiedene Sachen aus und wenn jemand müde war, dann schlief er, damit er wieder fit sein konnte. Dieser Gedankengang, „Ich schlafe um danach fit zu sein", war so viel dominanter als alles andere in Rose. Daher erkannte sie nichts anderes an sich. Auch nach zwei Stunden, die sie in exakt dieser Position am Klo schlafend verbrachte und danach kurz erwachte, schien ihr nicht seltsam. Das Mädchen war von sich selbst entsetzt, dass sie anscheinend so müde war, sodass sie sogar am Klo einschlief. Wieder erhob sie sich, wie immer unglaublich angestrengt und schlurfte aus dem Bad hinaus. Wenn sie sich wenigstens im Spiegel anschauen würde, dann würde sie ihren spindeldürren Körper bewusst sehen. Man konnte bereits vereinzelte Knochen durch die dünne Hautschicht erkennen. Und jetzt, nur in dem Nachtkleid, welches sie anhatte, erkannte man noch deutlicher ihren skelettartigen Körper.

Am **36. Tag**, schaffte Rose zum letzten Mal, eine Strecke zu „laufen". Nach ungefähr jedem zweiten Schritt, gaben ihre Beine bereits nach und ihr Atem rasselte. Ihr Blick hörte nicht auf verschwommen zu sein und sie versuchte es, wie ganz am Anfang, ihre Augen zu schließen. Als Rose erwachte, hatte sie entsetzliche Kopfschmerzen. Das Mädchen stemmte sich mit kaum Energie hoch und setzte tatsächlich ihren Weg laufend fort. Sie begann wieder zu halluzinieren und lächelte matt zu Eyleen, die sie anfeuerte. Da spürte Rose auf einmal, dass sich irgendetwas auf ihrem Gesicht befand, dass

allmählich sich zu bewegen begann. Vor ihren
Augen tropfte plötzlich etwas Dickflüssiges auf
den Boden hinunter. Als Rose ihre Hand auf die
Stirn legte, wohl der Ursprung dessen, schluckte
sie schwer und ihr wurde augenblicklich
schwindlig. Und als sie die Hand wieder
runternahm und betrachtete, stürzte sie ohnmächtig
zu Boden. Ihre Hand war voller Blut und Rose
konnte kein Blut sehen. Normalerweise wurde ihr
von dem Anblick absolut übel, doch ihr Körper
hatte schon seit Tagen die Funktion des
Übelkeitsgefühls ausgeschalten. In etwa so wie ihr
Hungerbedürfnis, war es einfach nicht mehr
vorhanden, konnte jedoch noch hervorgerufen
werden.
Erst als es bereits stockfinster war, erwachte Rose.
Sie hatte wieder dieses grelle Licht gesehen, doch
sie wollte immer noch nicht nachgeben. Sie wollte
nicht eingesogen werden, von diesem.
 Angestrengt versuchte sie sich in Erinnerung zu
rufen wo sie war, doch der einzige Gedanke den
sie hatte, war zu schlafen. Er besiegte alles und
jeden anderen Gedankengang von dem Mädchen.
Bevor Rose noch irgendeine Handlung vollbringen
konnte, schlief sie auch schon wieder ein. Ihr
Körper zitterte am kalten Waldboden. Das
Mädchen fror, ihre Lippen waren bereits leicht

bläulich verfärbt. Zur Unterkühlung fehlte nicht mehr fiel. Beinahe wäre Rose vom Schlaf ohne weiteres in den Bewusstlosigkeitszustand übergegangen. Doch da stieß sie sich plötzlich vom Waldboden auf und schlurfte weiter. Sie bekam es nicht mit, sie schlief noch, sie begann Schlaf zu wandeln. Das rettete sie wohl aus dieser Nacht, denn abgesehen davon, dass sie alles rempelte, was ihr im Weg war, wandelte sie zielsicher aus der Strecke hinaus und in Richtung Wohnheimen. Irgendein Prolet, der mit Rose zusammen im Mathematik Kurs war, kreuzte beschwipst ihren Weg und stieß mit ihr zusammen. Sie fielen beide auf den Asphalt, wodurch Rose erwachte. Sie kannte sich absolut nicht aus und der Typ genauso wenig. Er rappelte sich hoch und streckte ihr seine Hände entgegen.

„Sorry, Hasilein. Komm, ich helf dir hoch.", lallte er zu ihr hinunter.

Außer Hasilein, verstand sie gar nichts, da er so schlecht artikulierend sprach. Verwirrt nahm sie jedoch seine Hände.

„Willst du mit zu mir kommen?", lallte der Junge. Rose überlegte nicht lange und nickte, zum Erstaunen des Typs auf seine Frage.

Als das Mädchen aufwachte, sah sie sich leicht

orientierungslos um. Sie lag auf einem Teppich und Nate, der Typ, mit dem sie mitgegangen war, lag auf dem daneben stehenden Sofa. Auf der anderen Seite des Zimmers, gab es einen Kamin, indem man Flammen flackern sah. Das hatte irgendetwas Romantisches an sich, gestand sich Rose.

Sie hatte keine Ahnung, wie sie hier her gekommen war. Das Mädchen musterte nochmal kurz Nate und schlich dann langsam und leise aus der Wohnung hinaus. Ihre Gedanken machten ihr leicht zu schaffen, da sie keine Erinnerung hatte, wie sie zu Nate gekommen war. Von daher wusste sie auch nicht, ob sie mit ihm geschlafen oder sonst was getan hatte. So etwas wollte sie nicht noch einmal erleben, also beschloss sie, nun ihre Sportaktivitäten nur noch bei sich zu Hause, zu machen.

Vermutlich würde sie auch in den Kursen vorerst nicht da sein, sie konnte sowieso nur noch kaum Wissen aufnehmen. Erst wenn sie sich wieder fit fühlte, würde sie auch wieder hingehen, denn anders hatte es keinen Sinn für sie.

Das Eyleen bei ihrem Freund nun immer schlief, hatte auch seine Vorteile, zumindest dafür, dass man Rose nicht sofort irgendwie „helfen" würde. Laut Rose geht es ihr selbst ja gut.

Doch die Gerüchteküche meinte nun ja, dass sie magersüchtig sei. Von wegen Diät, eindeutig Magersucht. So abgemagert wie die schon ist.
Für den Kurs „Körperarbeit" musste sich die ganze Klasse umziehen und als Rose dies auch tat, begannen sofort alle zu tuscheln. Man sah sehr deutlich ihre Rippen und Wirbelsäule hervortreten und von nun an, wurde sie von den meisten Knochengerüst genannt.

TAG 37

Rose hatte ab sofort beschlossen, in ihren eigenen 4 Wänden zu bleiben. Nach der Nacht mit Nate, zog sie sich endgültig zurück. Workouts machte sie dort weiter und dachte dabei absolut nicht mehr an Asher. Er war ihr schon lange egal, sie wollte nicht noch weiter abnehmen, damit er sie mehr beachtet, nur hatte sie nach so langer Zeit einfach kein Hungerbedürfnis mehr. Wenn sie nur einmal, egal was, essen würde, würden sofort ihre Gelüste wieder kommen, es konnte auch nur ganz wenig sein, dass würde schon bei diesem langen Entzug reichen.

TAG 39

Rose wurde immer mehr zur Einzelgängerin, Eyleen fragte ob es in Ordnung sei wenn sie komplett bei ihrem Freund einziehe, das hat sie nach ungefähr zweienhalb Wochen gesagt, nach Rose Zusammenbruch wo Rose ihr versprochen hatte, dass sie nun wieder auf sich schauen würde. Das war gelogen wie viele andere Worte ebenso. Rose brach ab und an auch schon bei der ein oder anderen Übung in ihrer nun alleinigen zwei

Personen WG zusammen, beispielsweiße sprang sie wie ein Hampelmann, Arme zu, Beine auf; Arme auf, Beine zu; Arme zu, Sicht wird glasig, Beine auf und knicken bereits leicht ein; Arme hängen schlaff, Augen kann sie kaum offen halten, Beine zu; Oberkörper und Kopf zum vergessen, Beine auf; Augen verdrehen, Beine geben nach und sie sackte zu Boden. Oder beim dehnen. Rose streckte ein Bein nach hinten aus, verlagerte ihr Gewicht auf das Zweite und dehnte es. Doch auch so eine Übung erforderte viel Konzentration und auch Geschicklichkeit beziehungsweise Gleichgewicht.

Sie dehnte weiterhin ihre Beine für Läufe, die sie dann eigentlich nicht machte oder zumindest sehr selten. Jack und auch Chris hatte sie bereits beide abgesagt, hätte momentan keine Zeit und müsse lernen, machte lieber derweil Einzelläufe. Wenn es dann zu einem dieser Läufe kam, ging sie in die Waldstrecken, damit sie keiner sah. Nahm extra die unbeliebten schweren Strecken, die von den meisten gemieden wurden, wegen des Schwierigkeitsgrades; Strecke mit vielen Hindernissen, schwieriger Anordnung der Bäume, überall Sträucher, Skulpturen, Bänke, etc. Rose mochte die Strecke, da konnte sie sich immer an etwas anhalten. Dann setzte sie sich das Ziel nicht anzuhalten, das musste sie anfangs auch nie und es war doch jetzt nicht anders, doch sie hatte dringendes Bedürfnis sich gegen etwas zu lehnen oder sich hinzusetzen oder sich wenigstens anzuhalten, doch das Mädchen gab sich nicht diesen Gefallen und das Ohnmachtsgefühl breitete sich in ihrem Kopf wieder aus, keuchend schleppte sie sich weiter die Strecke laufend entlang. Ihre Augen waren bereits so schwer und ihre Beine knickten immer wieder ein als wären sie aus Butter. Ihre Pupillen drehten sich bevor die Lider sich nun gänzlich schlossen. Der Körper lief ein paar Schritte noch ohne Seele weiter, bevor er gegen eine der Skulpturen krachte und an diese gelehnt hängen blieb. Der Körper des Mädchens bog sich leicht, denn ihre Beine rutschten immer weiter zu Boden, während sie mit dem Oberkörper noch in der Skulptur festhing.

TAG 40

Strecke mit Abhang: Rose fiel nahezu die Strecke einfach hinab da sie durch ihr bereits nur noch kaum vorhandenes Gleichgewichtsgefühl, sich nicht halten konnte und durch die geringe Distanz, sofort fiel, mit dem Kopf aufstieß und wie eine leblose Kugel hinunter rollte, bis sie zwischen den Blättern liegen blieb. Sie konnte sich kaum bewegen. Stöhnte, hat viele Prellungen, schaffte es nicht, sich alleine hoch zu hieven und fiel wieder in eine Ohnmacht. Diese wurde durch die unbändige Kälte der Nacht zu einer Bewusstlosigkeit und Rose blieb die ganze Nacht über an dieser Stelle liegen. Als wäre sie hinuntergesprungen um zu sterben. Dem grellen Licht, welches wieder da war, entgegen. Was sie mit sich machte, grenzte bereits an einer langen Reise die mit dem Tod endete. Aber wenn das jemand zu ihr sagen würde, würde sie nur darauf antworten, dass jedes Leben mit dem Tod enden würde.

Am **41.Tag**, an dem sie immer noch nichts essen wollte, wäre sie nicht von alleine erwacht, wäre sie nicht aus ihrem Bett gefallen. Rose blinzelte schwach und hob langsam ihren schweren Kopf. Dieser fiel jedoch sofort wieder zurück auf ihren Arm, wo sie augenblicklich in erneuten Tiefschlaf sank. Erst zu Mittag konnte sie wieder leicht aus ihren Augen schauen, als ihr Harndrang kaum mehr erträglich war. Da sie die ganze Zeit schlief, konnte sie auch nichts trinken und so hielt Rose es einige Stunden aus ohne sich zu entleeren, doch noch gab es genug Flüssigkeit in ihrem Körper, also kam das Bedürfnis nur einfach später auf. Das Mädchen hätte am liebsten erneut weitergeschlafen, ihr war absolut gleich, welche Uhrzeit es war. Nicht einmal die Tageszeit nahm sie richtig wahr. Für Rose war es die ganze Zeit über Abend oder Nacht, da sie sich die Stunden nicht weiter als mit schlafen, trinken und aufs Klo gehen verbrachte. Ihre Vorhänge blieben im Schlafzimmer zusätzlich auch immer zu, in der Küche und im Wohnzimmer waren sie dafür immer offen.

Nahezu im Zeitlupentempo erhob sich Rose vom Boden und schlurfte träge aufs Klo. Sie machte nicht einmal mehr die Türe vom Bad zu, wozu auch, es war doch sowieso niemand außer ihr hier, und das schon seit… das wusste Rose nicht mehr. Ihre Jogginghose, die sie bestimmt schon seit 3 Tagen durchgehend anhatte, zog sie hinunter, die Unterhose, welche sie vermutlich ebenso wenig gewechselt hatte, danach. Dann setzte sie sich auf das WC und entleerte leicht angestrengt ihre Blase. Sie stützte ihre Ellbogen auf den Oberschenkeln auf und legte ihren Kopf in ihre Hände. Sofort könnte sie wieder einschlafen und das Mädchen spürte nur leicht, als sie allmählich von der Klobrille rutschte. Da schlug sie auch schon seitlich am Boden auf und schlief friedlich weiter. Rose bemerkte ihren Aufschlag nicht einmal mehr, da es so zur Gewohnheit wurde, das ständige Umfallen. Mit hinunter gezogenen Hosen lag sie nun am Badezimmerboden. Wenn man nur ihr Gesicht hernahm, sah sie ja eigentlich glücklich und zufrieden aus. Doch ihr nahezu spindeldürrer Körper und ihre nur mehr knochige Haut an Armen und Beinen, breitete größte Besorgnis aus. Eyleen kam mit ihrem Freund Andrew heute zurück. Sie wollte sich unbedingt mit Rose treffen und ihr alles erzählen, natürlich wollte sie auch wissen, was sich bei ihr so getan hatte. Noch auf der Fahrt zum Campus, rief sie Rose an.

Die Melodie ihres Klingeltones drang wieder einmal in Rose´ Ohren und sie erwachte. Erst nach einigen Malen blinzeln, erkannte sie, dass sie beim Klo lag. Zwanzig Minuten lang, lag sie bestimmt schon da. Ihr war es absolut egal, wie viel Zeit das Schlafen eigentlich einnahm. Sie hatte immerhin auch nichts anderes zu tun.

Das Mädchen setzte sich seufzend auf und zog sich ihre Hosen hoch. Sie lehnte sich schläfrig an die

Zimmerwand und stand auf. Die Melodie hörte einfach nicht auf. Rose versuchte ihr Handy zu orten. Es kam ihr vor als hätte sie es seit Ewigkeiten nicht benutzt. Am Couchtisch im Wohnzimmer lag es. Sie drückte schon mal auf den grünen Hörer, ließ sich aber dann noch auf das Sofa fallen und legte sich auf dieses. Rose zog ihren Körper eng zu einer Kugel zusammen und legte dann erst ihr Handy auf ihr Ohr. Durch den Hörer drang bereits die fragende Stimme von Eyleen, nach Rose, da sie dachte ihre Freundin wäre schon dran.

„Roooose?" Völlig überdreht und gut gelaunt, fragte Eyleen erneut nach.

„Ja?" Rose ließ sich fast schon augenblicklich von Eyleens Energie anstecken. Was eine aufgeweckte und vertraute Stimme alles so anrichten konnte.

„Rose! Da bist du ja endlich! Na, wie geht's dir? Wir kommen heute heim. Hast du Zeit, dass wir uns heute sehen, oder ist morgen besser, ich hab ja so viel zu erzählen, am liebsten würde ich jetzt schon beginnen!" Mit einem Lachen beendete sie ihren Redefluss.

Rose lächelte leicht. „Erzähl ruhig.", waren ihre einzigen Worte darauf, Eyleens Stimme ließ Rose wieder etwas lebendiger werden und der Gedanke daran, sich mit ihrer Freundin zu treffen, gab ihr wirklich ein wenig Energie. Zumindest für den Moment.

Das ließ sich Eyleen nicht zweimal sagen."

„Ja, wenn du das wirklich willst. Dann beginn ich mal, aber wo soll ich nur anfangen. Naja, erst einmal musst du wissen, Andrew und ich, wir.." Da mischte sich Andrews Stimme aber ein und Rose verstand nur ein Gemurmel von „das kannst du ihr doch nicht am Handy sagen, außerdem braucht sie die komplette Geschichte".

Eyleen erzählte ganz viel und verschiedenes. Irgendwann wurden die Augen von Rose wieder schwerer. Da sie nicht einmal mehr ab und an ein „ja" oder „okay" in den Redeschwall einwerfen konnte und somit nur noch zuhörte, wurde sie durch ihre geringe Konzentrationsspanne ohne etwas zu tun, wieder schläfrig. Langsam glitt ihre Hand vom Handy und rutschte träge auf das Sofa, wo sie ruhen blieb. Das Handy selbst lag noch an Rose Ohr. Immer wieder, wenn Eyleen eine ihrer eigenen Stellen so witzig fand und laut in den Lautsprecher lachte, schreckte Rose wieder aus ihrer leichten Schlaftrance hoch.

Irgendwann fiel das Handy bei einem dieser Hochschreck Momente von ihrem Ohr und neben

Rose Gesicht. Das Mädchen drückte schlaftrunken auf den Lautsprecherknopf, damit sie Eyleens Stimme weiter hören konnte, doch ihre Augen wollten sich immer wieder schließen.

„Rooose?"

Rose zuckte zusammen und wurde wieder munter, nachdem sie tatsächlich nach nur ein paar Momenten schlussendlich wirklich eingeschlafen war. Eyleen schrie beinahe in den Hörer, ihrer Meinung nach.

„Ja?", fragte sie leise.

„Kann es sein, dass du so beschäftigt bist, und mich nur mit Lautsprecher neben deinen Tätigkeiten hingelegt hast, hm?" Es war eher eine rhetorische Frage, denn sie kicherte dabei. „Sag ruhig, ist es besser wenn wir uns morgen statt heute sehen? Ist ja nicht schlimm, so können wir alles auspacken und uns von dem Genuss der letzten Woche, entspannen." Mit einem Lachen, beendete sie wieder ihre Worte.

„Mhm, ja. Morgen wäre besser." Rose zwang sich wach zu klingen.

„Okay super, dann ruf ich dich morgen einfach wieder an und dann besprechen wir wo, wie, was, wann, also alles Weitere, ja?"

„Ja."

„Super, freu mich."

„Ich mich auch."

„Bye bye Honey."

Eyleen kicherte nochmal in den Hörer und legte auf. Rose hatte bereits wieder damit gekämpft, bevor ihre Augen abermals zufielen, noch eine Verabschiedung herauszubringen, doch da hatte ihre Freundin das Telefonat auch schon beendet. Ihren noch wachen Zustand nutzte sie dafür, sich einen Wecker am Handy zu stellen. Auf acht Uhr in der Früh. Nun hatte sie zwei Wecker. Um sechs den normalen, der sie dann ans Aufwachen erinnerte und sobald sie den Zweiten morgen hörte, musste sie wirklich aufstehen. In Gedanken machte sie sich schon einen Plan, was sie alles getan haben wollte, ehe Eyleen sie anrief. (Trinken/Duschen/Anziehen/Haare machen) Während Rose daran dachte, schlummerte sie zum wiederholten Male ein.

Um zehn Uhr am Abend schaffte Rose es erst wieder aus ihrem Tiefschlaf heraus. Langsam ging sie zum Klo und entleerte sich. Das Mädchen war nun eigentlich in Maßen munter und wäre zu etwas handlungsfähigem in der Lage gewesen. Zuerst ging sie in die Küche und trank mühelos einen Liter Wasser. Danach stand sie ahnungslos herum und sah Löcher in die Wand starrend in die Luft. Im Endeffekt legte sie sich auf das Sofa und drehte den Fernseher auf. Nach den ersten zehn Minuten einer Dokumentation über Elefanten in freier Wildbahn, schlummerte Rose auch schon wieder zufrieden. Ihr Atem ging gleichmäßig und es würde einen völlig normalen Eindruck machen, wenn jemand jetzt bei der Tür hereingekommen wäre. Nach einem langen Tag vor dem Fernseher eingeschlafen.

42. Tag

Es sollte ja das Treffen mit Eyleen sein, doch im Endeffekt wurde es auf den nächsten Tag wieder verschoben, da sie in der Dusche einschlief, nass zum Handy taumelte und sie direkt auf morgen verschob.

43. Tag

Endlich schafften es die beiden sich wirklich zu sehen. Eyleen erzählte über die ganzen Ereignisse und natürlich von der Verlobung von Andrew und ihr. Die zwei waren aber sichtlich besorgt darüber, wie viel Rose in der Zwischenzeit abgenommen hatte.

44. Tag

Rose ging sogar hinaus und mit Eyleen und Andrew aus, da sie ihnen ja zeigen wollte, dass alles bestens sei und dass der dünne Körper nur von der Diät die sie gemacht hatte war. Sie aß im Club natürlich nichts, prostete mit Eyleen und Andrew aber an, trank also wieder ein wenig Alkohol aber in Maßen, worauf Eyleen auch immer wieder achtete, merkte also dass da auch wirklich kein Problem mehr gab. Rose tanzte mit Typen, Tussen starrten sie an und lästerten über das Knochengerüst.

Rose lachte und fühlte sich lebendiger wie eh und je. Dann kippten alle drei sich den Schott hinunter. Mit brennendem Rachen wurde Rose mit auf die Tanzfläche gezogen. Ein Schott und schon verzehrten sich die Lichter der Diskokugel vor ihren Augen.

Andrew hatte den Abend lang die heimliche Aufgabe gehabt, Rose zu beobachten, wie viel sie wirklich aß und teilte das Ergebnis Eyleen mit, bevor sie Rose einen Drink ausgeben wollte. Obwohl der Abend da noch frisch war, verstand sie und beide zogen sich kurz zurück um einen Plan für den morgigen Tag auszutüfteln.

Rose tanzte immer noch mit Jason, wie er sich ihr vorstellte und sie schmiegte ihren Körper betörend um sein Sixpack. Der Junge leckte mit seiner Zunge über seine Lippen und die Schweißperlen weg, die sich auf diesen von Rose Show bildeten. Das Mädchen griff von hinten um seinen Körper und tanzte so weiter mit ihm. Ihre Beine streiften immer wieder die seine herab und Jason hatte längst einen Steifen. Schmunzelnd griff Rose an die Stelle, als sie wieder vor ihm tanzte und knetete seine Hose etwas. Jason schnappte nach Luft und drückte seine Lippen gierig an ihre, bei ihren Berührungen. Seine Stirn war bereits absolut schweißnass. Rose genoss dieses Spiel zwischen den beiden und steckte ihre Hände in seine Hose, als er sie enger an sich drückte um sie besser küssen zu können. Der Junge stöhnte erotisch in den Kuss und als Rose mit einer Hand über sein Glied immer wieder hoch und runter strich, löste er sich von ihren Lippen und blickte sie mit großen Augen an.

„Komm mit!" Er hauchte die Worte an ihre wunderschöne Haut und sofort als sich Rose´ Kopf langsam nickend bewegte, riss er eine ihrer Hände aus seiner Hose, und zog sie durch die tanzende Meute hindurch bis zum Männerklo. Jason stieß die Tür auf und dort dann eine der freien Kabinen.

Er zog Rose mit sich hinein und sperrte dann ab. Er zog sich sein T-Shirt aus und riss danach Rose´ Top leidenschaftlich von ihr. Die beiden keuchten sich an, vor lauter Erregung, die zwischen ihnen lag. Rose legte ihre Hände an seinen gut gebauten Oberkörper und Jason fingerte noch an ihrem BH, welchen er ebenso öffnete und dann von ihrem Körper riss. Als Jasons Lippen ihren Hals mit Küssen benetzte, stöhnte sie sinnlich auf und ließ ihre Hände wieder in seine Hose wandern. Die beiden fielen um sich her und es hatte absolut nicht den Eindruck, als wäre das Mädchen in den letzten Tagen gefühlte hunderte Male in völliger Benommenheit zu Boden gestürzt. Jason hatte kein Problem an Rose´ dürrem Körper, er fand es nahezu erotischer als die gewöhnlichen Figuren der Mädchen in seinen Kursen. Er fiel natürlich nicht jeder um den Hals aber zwischen Rose und ihm war irgendetwas was er sich noch nicht genau erklären konnte, aber mit ihr verband und anscheinend war es für sie ähnlich, sonst würde Rose bestimmt nicht mitmachen. Das Mädchen massierte sein Glied und reckte gleichzeitig ihren Kopf in die Höhe, damit Jason weiter ihren Hals küssen konnte. Der Junge hatte nicht vor damit aufzuhören und saugte nun an einer Stelle immer weiter an ihrer Haut. Rose schmunzelte in sich und genoss das leichte Ziehen, während der Knutschfleck entstand. Als der Junge erneut seine Lippen über ihren Oberkörper streifte, glitt nun auch er, in ihr Höschen vorsichtig ein und Rose stöhnte leidenschaftlich auf. Nach ihrer Reaktion darauf, fummelte Jason mit seiner anderen Hand an ihrer Jegging herum, die er langsam an ihr herunter zog.

Eyleen begleitete Rose zu der Wohnungstür. Sie umarmten sich ganz dolle, wobei Eyleen jedoch wieder nur den mageren Körper spürte und sie noch entschlossener für den morgigen Plan war. „Danke für den Abend Leena!" Rose klang wirklich glücklich und es war nicht gespielt. Auch nur noch ein ganz klein wenig beschwipst vernahm Eyleen ihre Stimme, aber sie war es wohl genauso. „Gerne, ich bin immer für dich da!"
Die beiden Mädels lächelten sich an und Rose sah ihrer Freundin noch kurz nach, als sie zurück zum Auto ging. Dann sperrte sie die WG auf und hinter sich wieder zu, den Schlüssel zog sie wie immer ab und legte ihn diesmal auf den Couchtisch. Rose wollte zum ersten Mal seit langem etwas anderes außer schlafen in ihren eigenen vier Wänden machen. Sie wollte sich ihrer eigentlichen

Lieblingsbeschäftigung seit langem wieder widmen. Dem Sport!

Rose zog sich daher bequeme Kleidung an, ein einfaches weißes T-Shirt und eine schwarze Leggings und überlegte was sie tun könnte. Zuerst begann sie am Stand zu laufen, erst langsam, dann steigerte sie ihr Tempo, verringerte, erhöhte und verringerte es wieder. Als zweite Übung entschied sich Rose für Planking. Ihr Oberkörper war auf den Unterarmen auf dem Teppichboden im Schlafzimmer abgestützt. Die Hände berührten sich und das Gesicht zeigte zum Boden. Bei der Übung ging es darum, dass die Beine möglichst lange gestreckt und auf den Zehenspitzen abgestellt werden, sodass der Körper eine gerade Linie bildete. Rose konzentrierte sich auf die angespannte Bauchmuskulatur und hielt das Becken stabil. Innerlich machte sie für sich zum wiederholten Male ein neues Ziel. Anstatt abwechselnd die Beine anzuwinkeln und für zehn Sekunden hoch zu strecken, blieb sie in der Position und versuchte so lang wie möglich darin zu verharren. Dieser Drang nach wetteifern, war einfach immer in ihr drin. Im Endeffekt überschritt sie wieder ihre Grenzen und sank nach stolzen vier Minuten kraftlos in sich zusammen.

Am **45. Tag** war es dann soweit.

Rose schlief immer noch in ihrem „Sportoutfit" tief und fest auf ihrem Schlafzimmerboden als wäre es das gemütlichste Bett auf Erden. Der Schlüssel drehte sich im Schloss und Eyleen betrat mit einem kleinen Servierwagen auf dem die verschiedensten Speisen standen, die WG. Sie fuhr diesen in die Küche und stellte ihn dort ab. Da sie ihre Freundin auf dem Weg, weder im Wohnzimmer noch in der Küche antraf und sie sie auch nicht im Bad hörte, sah sie schließlich im Schlafzimmer von Rose nach ihr. Als Eyleen sie dann auf dem Boden liegen sah, dachte sie sofort, sie wäre zusammengebrochen und so falsch lag sie damit ja nicht.

„Rose!" Sofort stürzte sie zu ihr, setzte sich neben sie und rüttelte kräftig an ihrer mageren Schulter. Da Rose aber ja „nur" noch schlief, da sie wiedermal nach der Benommenheit in Schlaf gefallen war, wachte sie sofort auf und blickte ihre Freundin aus müden Augen verwirrt an.

„Eyleen? Was machst du denn hier?", brabbelte sie noch schläfrig.

„Ich hab eine Überraschung für dich. Aber warum schläfst du denn am Boden?" Sie war sichtlich erleichtert, dass Rose sofort erwachte und wohl wirklich nur geschlafen hatte.

„Ich hab gestern noch Übungen gemacht, bin aber eingeschlafen, bevor ich überhaupt damit angefangen habe." Rose setzte sich auf und die Worte kamen schneller aus ihrem Mund, als das sie damit gerechnet hatte. Mit der Wahrheit würde sie dennoch nicht herausrücken.

„Oh ach so." Eyleen war sich nicht ganz sicher ob sie das glauben sollte oder nicht, weil erklärend waren die Worte ihrer Freundin schon.

„Naja, wie dem auch sei. Komm, ich hab dir etwas mitgebracht." Sie stand auf und hielt Rose lächelnd ihre Hände hin. Mit einem schwachen Fragezeichen auf ihrer Stirn, ließ sie sich aufhelfen.

„Mach die Augen zu."

„Oookay."

Das Mädchen schloss ihre Augen, wurde von Eyleen an der Hand genommen und durch die WG gezogen. Rose konnte sich, sobald die Augen geschlossen waren, überhaupt nicht mehr orientieren, in welche Räume sie gezogen wurde. Sie stolperte ein wenig herum und wurde sofort wieder müde. Am liebsten wäre sie im gehen wieder eingeschlafen. Doch da blieb Eyleen stehen.

„Achtung, jetzt hinsetzen, ich helf dir, also die Augen bitte noch schööön zu lassen."

Rose gehorchte und setzte sich langsam. Sie erkannte überhaupt nicht, wo sie sich befand. Wo saß sie bitte? Dieses Möbelstück fühlte sich für sie absolut nicht vertraut an.

Das Mädchen saß auf einem der Stühle beim Esstisch. Eyleen stellte alle Teller auf den Tisch. Gemüselasagne, Nudeln mit Souce, Hühnerfiletstreifen auf Blattsalat,

„Jetzt kannst du die Augen aufmachen." Eyleen war auf Rose´ Reaktion gespannt, doch die sagte nur: „Warum?"

Fragend sah sie zu Eyleen. „Ich hab nicht einmal Hunger."

„Wann hast du denn das letzte Mal etwas gegessen?"

„Keine Ahnung, aber warum sollte ich etwas essen, wenn ich keinen Hunger hab? Wenn ich Hunger hätte, dann würde ich doch eh etwas zu mir nehmen, ich bin ja nicht dumm."

Da merkte Eyleen, dass es wohl schon wochenlang so gehen musste und dass Rose ihr Hungergefühl komplett ausgelöscht hatte und somit nicht merkte, was sie mit sich machte.

Eyleen brachte Rose dazu, etwas zu essen!
Sie saßen beim kleinen aber gemütlichen Esstisch,

den Rose seit knapp eineinhalb Monaten nicht genutzt hatte, da sie in diesem Zeitraum nichts gegessen hatte. Es grenzte nahezu an ein Wunder, dass sie es bis jetzt überlebt hatte. Ihre Motivation es so lange durchzuhalten, spielte bestimmt eine große Rolle. Sie betrieb nicht ständig zusätzlich Sport und ging bis und über ihre Grenzen hinaus, um sich fertig zu machen, um so schnell wie möglich von der Erde zu entfliehen, sondern um sich selbst aufrecht zu erhalten, sich selbst Herausforderungen setzte sie sich, obwohl sie durch keine vorhandene Ernährung allmählich und dann auch immer schneller zum Wrack wurde. Das Mädchen stopfte sich dann alles Mögliche in sich hinein und dankt Eyleen ständig dafür, dass sie sie dazu gebracht hatte. Rose wusste gar nicht mehr, wie gut sich das anfühlte, zu essen. Sie aß alles kreuz und quer und Eyleen lachte aber ließ sie, immerhin musste sie 44 Tage nachholen. Der Bauch brummte immer wieder zufrieden. Aber nicht nur das Bedürfnis nach Essen kam zurück. Man konnte wohl nicht sagen, ob es besser gewesen wäre erst einmal wenig zu essen und sich dann zu steigern oder ob es dasselbe auslöste, wie das ganze durcheinander essen. Sie stillte das eine Bedürfnis, doch reizte den Magen und entwickelte daher auch wieder das Übelkeitsgefühl.

„Oh scheiße verdammt!" Sie stieß die Worte hervor.

„Was, was ist los?" Eyleen sah ihre Freundin leicht verwirrt an, was hatte sie nicht mitbekommen, fragte sie sich. Da ließ Rose aber auch schon ihre Gabel auf den Teller fallen, sprang vom Sessel auf, hielt sich mit beiden Händen den Mund zu und lief immer und immer wieder hochwürgend zur Toilette. Bei ihr angekommen, beugte sie sich über die Klomuschel, brauchte nur den Mund zu öffnen und schon flutete eine Welle Erbrochenes das Klo. Da sah sie plötzlich wieder das grelle Licht. Gleißender als bei jedem Mal, zog sie das Licht nahezu ein. Das Mädchen wollte nicht mehr weiter kämpfen. Sie hatte sich entschieden. Sie wollte hinaus aus diesem Scheiß Leben. Rose könnte nicht von vorne beginnen. Es war zu viel geschehen, viel zu viel um damit weiterleben zu wollen. Nach und nach ließ sie los. Ihr Kopf wurde schwerer denn je. Das Mädchen fiel nicht ins Koma, es fühlte sich ganz anders diesmal an. Rose hatte sich dazu entschieden. Endgültig entschieden, dass sie so nicht weiter leben wollte und konnte. Sie hatte sich für den Tod entschieden und genau der holte sie wieder ins reale Leben zurück.

Die Wahrheit

Rose hatte nicht einfach mit Asher geschlafen. Er
hatte sie vergewaltigt. Hatte sie geschlagen, ihr
qualvolle Schmerzen zugetragen. Danach hatte er
sie bei sich gelassen, in seiner Wohnung
eingesperrt, in die Abstellkammer gesteckt, wenn
Besuch kam, geknebelt und mit Betäubungsmittel
bewusstlos werden lassen. Sodass sie keinen
Mucks machen konnte. Sodass sie weiterhin
vorhanden war, als sein neues Spielzeug.
Damit es nicht auffiel, dass Rose fehlte, füllte er
sie schon bei sich zu Hause immer wieder ab und
ging mit ihr in Clubs oder weiteren Home Partys,
auf denen sie immer nur mit Asher tanzte und allen
die kalte Schulter zeigte. Sie vermittelte ihnen, sie
habe sich nun entschieden. Für Asher und sonst
niemanden.

Während sie gerade wieder dabei war, auf dem
Tresen gelehnt, seelisch zu sterben, da ihr Asher
wieder einmal unbemerkt Drogen in den Drink
gemischt hatte und sie das Gefühl verspürte, gleich
ohnmächtig zu werden, ging er zu Eyleen und gab
ihr klar zu verstehen, dass Rose nicht mehr
zurückkam und wenn sie auch nur irgendjemand
etwas sagte, würde er mit ihr genau das gleiche
machen, wenn nicht sogar umbringen. Da Rose es

einmal kurz geschafft hatte zu fliehen, als Eyleen unten bei Ashers Wohnung gewartet hatte und nur um Hilfe wimmerte, mehr brachte sie nicht heraus, da Asher auch schon bei ihnen war, drohte da Eyleen schon, im Club nur erneut, um ihr zu zeigen, wie ernst es ihm war.

Er wollte, dass sie bei Trinkspielen mitmachte, sie war sein eigenes Fernsehprogramm. Er bestimmte das Programm und sie spielte es für ihn ab, er drohte sie umzubringen, wenn sie es nicht tat. Rose vergaß diese Drohung recht schnell, genauso wie alle anderen Worte oder Taten, wenn er sie wieder vollrauschen ließ, Grenze Krankenhaus reif, und sie nahezu ins Koma des Öfteren, für ein bis drei Tage, fiel. Sie wurde seine Marionette. Kaum zu essen bekam sie, wenn sie sich anfangs dagegen sträubte. Zu keinem Essen, bekam sie den Genuss von Alkoholmassen zu spüren, bis sie umkippte, zusammenbrach, kollabierte. Dann trug er sie im Brautstil aus dem Club hinaus und sprach ihr immer wieder den gleichen Satz zu. „Alles ist gut Darling, ich bin ja da!" Jedes verdammte Mal, als er sie hinaustrug, jeden Tag, als sie sich für ihn wieder beinahe umbrachte. Manchmal legte er sie in diesem Zustand auch noch ins Bett, riss ihr alle Klamotten vom Leib und trieb es wieder wild auf ihr. Er genoss es doch sehr, wenn sie nicht

137

mitbekam, was er da tat, obwohl ihr Gestöhne und Gekeuche ihn doch noch mehr in Stimmung brachte.

In einzelne Arbeiten ließ er sie gehen, anfangs als er ihr noch keine Drogen verabreichte, damit sie motivierter und witziger wurde. Sie durfte in den Kursen mit niemandem sprechen, durfte nur aufpassen und das Wissen filtern, wenn es ihr überhaupt gelang. Rose hatte viel zu sehr Angst nicht das zu tun, was Asher ihr sagte, sie verfiel ihm gänzlich, anfangs leicht fasziniert, bis sie es selbst überhaupt nicht mehr mitbekam und Handlungen nur noch automatisch machte. Ihr Kopf baumelte in jeder Sekunde wo sie bei Bewusstsein war, schlaff von ihrer Wirbelsäule hinunter. Die Augen wurden immer blutunterlaufener, die Pupillen vergrößerten und verkleinerten sich bis zu schmalen Schlitzen, je nachdem was für eine Dosis der Drogen oder des Alkohols sie bekam. Ihr Herz raste und meistens hatte sie in dem Moment in dem sie zusammenklappte, ohnmächtig oder gar bewusstlos wurde, das Gefühl als würde es explodieren.
Der letzte Clubbesuch war nach 37 Tagen hintereinander, da sie schon beim Betreten des

Clubs nach jedem zweiten Schritt einzuknicken drohte. Doch das beachtete Asher nicht, nein, er ließ sie sogar noch gegen Wayne antreten. Wayne, der Junge, der bekannt dafür war, dass er am meisten von allen am Campus an Alkohol zu sich nehmen konnte. War jederzeit für eine Herausforderung offen. Jeden Abend versuchte jemand das Glück und kippte schließlich selbst irgendwann vom Sessel.

Einmal wollte Asher, dass es Rose machte. Sie stand seit ihrem letzten Getränk in voller Menge unter Extasy und so wurde der Alkohol weniger spürbar und sie hatte dadurch zumindest bessere Chancen, als jeder andere der es davor ausprobiert hatte.

„Achtung Achtung, Rose Sherman hat heute Wayne McGive herausgefordert!!" Asher stand auf dem Tresen und brüllte es so laut er konnte durch die Musik hindurch in den Club hinein. Es hatten lange nicht alle Anwesenden gehört, aber genug, denn um die jeden Abend gleichen zwei Tische, entstand bereits ein Kreis von Zusehern. Rose und Wayne saßen bereits jeder vor einem und beide Tische waren vollgefüllt mit Cocktails, Mischgetränken, Weine, Sekt, Biere und einfach dem hochprozentigsten Alkohol, der hier vergeben wurde. Es waren exakt die Selben, ansonsten könnte es als unfair gelten. Um die 50 verschiedene Drinks standen also vor jedem. Waynes Rekord waren 9, bei Nummer 8 war sein Gegner außer Gefecht und lief schwankend und erbrechend auf die Toilette. Was sollte er nun von einem Mädchen halten, welches gegen ihn antrat? Nach dem zweiten Getränk würde es vermutlich aufgeben, aber Wayne entging genauso wenig wie den anderen Clubbesuchern, dass aus Rose, seitdem sie mit Asher zusammen war, ein anderer Mensch geworden war, also war er bereits gespannt darauf, was sie verzapfen konnte und gab ihr in Gedanken sogar 4 Drinks, die sie schaffen konnte.

Jeder von ihnen konnte sich in jeder Runde für ein weiteres Getränk entscheiden, wer in einer Runde kein Getränk mehr exen konnte hatte verloren. Also sehr leichte Regeln und es ging nicht auf Zeit.

Mit einer Trillerpfeife wurde für alle die nächste Runde angekündigt und nun ertönte sie zum ersten Mal. Wayne leerte sich ein Glas Weißwein hinein, Rose ein Glas Sekt. In der zweiten Runde stülpte sie sich ein weiteres Glas Sekt hinunter, Wayne nahm diesmal einen Whiskey um die Zuschauer zum bleiben zu gewinnen. Er liebte das Gegröle und Lachen und Rose war eindeutig langweilig mit

ihrem Sekt. Asher fand dies auch. Er stand direkt neben Rose und meinte zu ihr flüsternd, dass sie sich auch etwas Stärkeres nehmen sollte.
Daraufhin exte sie in der dritten Runde ein dunkles Bier und Wayne eine Rum Cola.
Nach dem sechsten Getränk würgte Rose bereits einmal so stark, sodass einige Zuschauer ein paar Schritte nach hinten traten, da sie damit rechneten, das Mädchen würde gleich alles zu reiern. Ihr schlaffer Kopf aber legte sich nach hinten in den Nacken und sie schluckte alles hinunter, den Alkohol wie auch die Kotze. Asher fand dies großartig.

Durch die Hitze und der Masse der Menschen kollabierte sie nicht nur sondern hatte auch ein paar Mal einen epileptischen Anfall. Während sie in sich zusammenbrach, schnappte sie Asher oft und drückte sie an sich, während er sie wild umschlungen und leidenschaftlich küsste. Rose langen Haare verdeckten jedes Mal, den Blick auf ihr Gesicht, so eng umschlungen waren sie. Rose aber bekam diese Taten von Asher dann gar nicht mehr mit, sondern hing nur schwach bzw. schlaff in seinem Druck an ihm. Der Junge ernährte sich nahezu an ihrer Benommenheit und konnte daher auch nicht genug bekommen.

Er zwang sie mit Jack laufen zu gehen, da er einen Partner suchte, doch sie konnte ihr Gleichgewicht nach nur ein paar Minuten nicht weiter halten und sie stürzte den Abhang hinunter, da sie am Rand von diesem liefen. Jack kam von der einen sie von der anderen Seite. In der Mitte wollten sie sich treffen und gemeinsam zurücklaufen. Asher hatte bereits damit gerechnet, dass Rose es nicht bis zur Mitte schaffen würde, warum ließ er sie wohl an einem Abhang in ihrem Zustand laufen? Sie hatte es zwar weiter geschafft als er dachte aber das war auch schon alles. Er brachte sie zu sich nach Hause und legte sie wie so meist in sein Bett. Wie schon längst, hätte sie spätestens jetzt wirklich ins Krankenhaus gehört mit sämtlichen Prellungen und blutenden Wunden, doch Asher meinte, er könnte es keine Nacht ohne sie aushalten und er würde sich schon gut um sie kümmern. Er verband ihren Kopf wie ihr Knie, überall dort, wo die Wunden am Größten waren. Der Junge fütterte sie sogar, immerhin wollte er noch weiter seinen Spaß mit ihr haben, also musste er auch dafür sorgen, dass sie wenigstens weiterhin am Leben blieb.

Von den Kursen für die nächsten Wochen entschuldigte er sie und verlängerte nach Bedarf

und das war natürlich immer der Fall. So brauchte
Rose nicht mehr lernen und er hatte mehr Zeit mit
ihr, worüber sie sich sichtlich nicht freute. Da ihm
ihre miese Laune auf den Zeiger ging, brachte er
auch noch die Drogen ins Spiel. Damit sie immer
weiter zur Marionette wurde und keine ihrer
Handlungen noch aus ihrem eigenen Willen kam
sondern nur noch von ihm her. Denn Rose´ eigener
Wille war dann gar nicht mehr vorhanden. So
zeigte sie auch keine negativen Emotionen nach
außen hin. Fühlte sich gelassen und konnte sich
meist an Taten vor 5 Minuten schon nicht mehr
erinnern. Tanzte auf Tischen, hyperventilierte,
„ließ sich fallen", Asher fing sie auf, presste sie
barbarisch gegen den Tisch auf dem sie gerade
noch getanzt hatte und küsste sie vollkommen
erregt und leidenschaftlich und entzog ihr den
Sauerstoff aus ihrem Körper und ließ sie auch
nicht nach Luft schnappen. Er selbst hatte mit
seinen kleinen Tricks, da kein Problem. Asher
brauchte diesmal durch ihre Hyperventilation nur
wenige Sekunden um sie benommen am Tisch
liegen zu haben. Durch die Position bemerkte kein
anderer der zu ihnen blickte ihren Zustand, weil
ihre Arme einfach am Tisch ruhten. Asher schlang
seine Zunge so lange um ihre, bis eine Gruppe sie
von dem Tisch weg scheuchte, weil sie da jetzt her

wollten, was trinken. Es war eine Gruppe Schlägertypen mit Herz. Asher wollte keinen Streit anfangen und zog Rose grinsend vom Tisch hinunter und zog sie leise und verschwörerisch lachend zum Tresen. Das Mädchen taumelte hinter ihm her, kurz bevor ihre Beine nachgaben, zog sie Asher, wie als würde er es wissen, hoch und setzte sie auf einen der Barhocker. Ihr Kopf wäre auf den Tisch geklatscht, hätte Asher nicht sofort, als er sich auch hinsetzte, seine Lippen gegen die ihre gedrückt. Ihre Haare fielen dem Mädchen wieder von beiden Seiten vor die Augen und versteckten sogar Ashers Gesicht zum Teil. Er legte eine ihrer Hände an seine Taille, so, dass sie nicht wegrutschte, damit das ganze vertrauter aussah, als wenn ihre Arme nur schlaff hinunter hängen würden. Rose Atem war ungleichmäßig und langsam und sie konnte nur mehr kaum aus ihren Augen sehen. Alles war endlos verzehrt und verblichen. Der Junge löste seine Lippen kurz von ihren und weiter an ihre Stirn gelehnt, damit sie nicht umfiel, drehte er seinen Kopf leicht seitlich zur Bar und bestellte zwei Tequila. Rose hörte es dumpf und fragte sich, wie sie dies denn trinken sollte, ihre Hände wie auch Beine fühlten sich völlig taub an. Er exte sein Glas und rülpste. Blitzschnell nahm er dann das zweite und Rose bei

der anderen Hand, stand wieder auf und ging
schnell und selbst leicht wankend aufs Männerklo.
Rose wurde mitgezogen und wusste gar nicht, dass
sie noch aufrecht ging, ihre Beine fühlten sich
immer noch taub vom hyperventilieren an. Ein
anderer pisste gerade neben ein Pissoir, dem war
Asher absolut nichts schuldig zu erklären. Er
öffnete eine Klotür und schubste Rose hinein, ehe
er selbst hineinging und hinter sich die Türe
zusperrte. Rose fiel aufs Klo. Asher zog sie wieder
hinunter auf den Boden. Er stellte den Tequilia auf
die Klobrille, zog sich sein Shirt aus und zog auch
Rose ihr Top aus. Sie ließ alles mit sich machen
und ahnte schon was das nun werden würde. Aus
erschöpften Augen, sah sie ihn an. Asher öffnete
ihren BH und zog ihr diesen auch aus. In der engen
Kabine, legte er seine Hände auf ihre Brüste und
das Mädchen stöhnte auf, als er an diesen
herumdrückte. Der Junge grinste zufrieden, dieses
Stöhnen machte ihn so unglaublich an und er biss
spielerisch in ihren Hals, worauf Rose noch mehr
auf keuchte. Asher spielte weiter mit ihren Nippeln
und Brüsten, drückte immer und immer fester zu,
während er sie zwischenzeitlich leicht massierte.
Rose stöhnte immer und immer wieder auf, wenn
auch immer leiser werdend. Irgendwann verebbte
ihre Stimme gänzlich, was gar nicht im

Geschmack des Jungen war. Darauf riss er ihren Kopf an den Haaren nach hinten, bis er waagrecht gegen die Klowand stieß. Rose wusste bereits, wenn sie einfach wieder sich normal hinsetzen würde, würde er zu den schlimmsten Taten greifen ohne einem Funken von schlechten Gefühlen dabei. Also blieb sie so und wartete sowieso nicht klar denkend ab, was geschah. „Mund auf!", murmelte er, ehe er ihr Kiefer bereits nach vor zog und ihr beim öffnen „half". Da das Mädchen mit aufgerissenem Mund nun blieb, nahm er den Tequila und schüttete ihn nun in genau diesen hinein. Damit hatte sie nicht gerechnet und sie musste husten und röchelte leicht, da der Alkohol nicht nur in ihrer Speise- sondern auch Luftröhre brannte.

Am gesamten Campus gab es keinen Gunt, sie hatte wohl einfach mehrere Namen für Asher entwickelt.

Langsam öffnete Rose ihre Augen. Den ersten Menschen den sie wahrnahm, war Eyleen. Diese sprang auf und strahlte.

„Rose, du bist endlich wieder bei uns!"

Auch die Eltern von Rose waren da, ihre Mum umarmte sie sofort innig.

„Du hast uns so einen Schrecken eingejagt." Ein paar Freudentränen kullerten über ihre Wangen. Ihre Tochter lächelte sie sanft an.

„Aber ich bin wieder da und werde nicht wieder gehen." Rose sprach leise aber sie meinte diese Worte wirklich ehrlich.

In dem Zimmer im Krankenhaus wo sie waren, wurde die Freude immer größer und Rose konnte immer mehr von der Wahrheit erzählen. Davon, was wirklich passierte. Ein paar Erinnerungslücken gab es noch, doch niemand verlangte, dass Rose direkt nach dem Aufwachen, alles wissen musste. Ihr Dad und ihre Mum blieben noch ein bisschen länger als Eyleen und Andrew, die übrigens wirklich verlobt waren. Sie wollten ihre Tochter ein wenig für sich alleine haben. So lange war sie im Koma, in ihrer eigenen Welt, aus der sie fliehen musste. In der sie den Ausweg finden musste. Rose hatte es geschafft, worüber alle ihre Liebsten unfassbar stolz waren.

Die Eltern des Mädchens küssten und umarmten sie noch ein letztes Mal, bevor sie gingen.

„Bis morgen!"

„Ja, bis morgen." Rose sah den beiden lächelnd nach.

Ein Junge, den Rose nicht kannte kam nach ein paar Stunden herein und schloss hinter sich wieder die Tür. Er kam ihr bekannt vor, doch ihr fiel nicht ein, wer er sein könnte. Leicht unsicher lächelte er ihr zu und ging zum Ende des Krankenbettes.

„Hallo Rose." Nicht einmal bei seinen Worten, sah er ihr komplett in die Augen.

„Hallo. Kennen wir uns?"

„Ja, aber nur flüchtig."

„Tut mir leid, ich kann mich noch nicht an alles erinnern."

„Das macht nichts."

Der Junge bewegte sich während der Unterhaltung weiter, auf die Seite und setzte sich auf den Besuchersessel. Er betrachtete die ganzen Schläuche.

„Ziemlich viel, was mir verabreicht werden muss, ich weiß…"

Sie mochte es immer noch nicht, wenn jemand das so genau beäugte.

„Was würde denn passieren, wenn man die Schläuche entfernt?"

„Ziemlich sicher würde ich wieder ins Koma fallen." Sie fand sein Interesse leicht aufdringlich, vor allem weil er sich immer noch nicht vorgestellt hatte.

„Verstehe und das bei allen?" Er hakte immer weiter nach.

„Ich denke schon, immerhin brauche ich ja alle zur selben Zeit… Warum willst du das überhaupt alles wissen?"

„Nur so, Interesse an dir, liegt bei uns eben in der Familie." Er grinste, es wirkte jedoch nicht mehr so freundlich.

„Wer bist du?!" Rose verlor allmählich die Geduld und sein Grinsen bereitete ihr leichte Gänsehaut. Dieses kam ihr irgendwie auch bekannt vor, doch in ihrem Kopf klingelte es immer noch nicht.

Der Junge rutschte mit dem Stuhl näher zu ihr und strich mit einem seiner Finger über ihren nackten Arm.

„Mein Name ist Gunt."

Rose Augen weiteten sich. Es gab doch einen Gunt! Verdammt, wer zur Hölle war er und woher wusste er, dass sie hier war. Blitzschnell legte sich eine seiner Hände auf ihren Mund. Rose schlug wild um sich und versuchte augenblicklich die Klingel zu erwischen, um eine Schwester zu rufen. Gunt entfernte diese mit seiner anderen Hand aus der Trittweite von ihr. Rose biss aus Panik in seine Hand, doch er zuckte nicht einmal kurz weg, so

149

wie sie eigentlich erhofft hatte. Ihr Herz hämmerte wild gegen ihre Brust und all ihre Gedanken rotierten. Aus seiner Jackentasche holte der Junge Isolierband und klebte ihren Mund damit zu. Danach schnappte er ihre Hände, bevor sie hochschnellten um es wieder zu lösen und nach Hilfe zu schreien, und klebte diese am Gestell des Bettes an. Rose versuchte ihren Körper frei zu drehen, doch es gelang ihr nicht. Gunt zog nicht die Schläuche aus ihr hinaus, so dumm ist er nicht, das würde den Alarm bei den Schwestern verständigen. Aber er war ja auf alles vorbereitet und holte einen Schlüssel hinaus, welchen er in den Schlitz der Apparate steckte, drehte in einmal um und schaltete dann alles aus. Er drehte den Schlüssel wieder zurück und steckte ihn ein. Es war schon praktisch, wenn in seinem Freundeskreis selbst, genug werdende beziehungsweise bereits ausgebildete Ärzte waren. So konnte man sich schlau machen, was es dafür brauchte, Insulin, Bluttranserven, Sauerstoff, Versorgung oder weiteres, abzustellen. Eine Umdrehung mit diesem Schlüssel, den sich nur im Besitz der Berechtigten dafür fanden und schon würde nirgends eine Meldung aufleuchten, da es von dem Arzt selbst getätigt worden war und der handelte doch immer richtig.

Im ersten Moment passierte nichts. Gunt grinste zufrieden weiter und seine Hände schnellten dann an die Kehle des Mädchens. Er packte grob zu und sie zog den Atem schnell durch die Nase durch. Sein Griff wurde fester und die Pupillen des Mädchens wurden riesig. Langsam resignierte der Körper des Mädchens auch, dass ihm nicht mehr die Stoffe zugeführt wurden, die ihm fehlten und Rose erzitterte immer und immer wieder. Gunt riss das Isolierband von ihrem Mund und drückte blitzartig wieder die Kehle weiter zu. Das Mädchen schlotterte am gesamten Körper als hätte sie Schüttelfrost und einen epileptischen Anfall zur gleichen Zeit. Sie bekam keine Luft, er verschnürte ihre Atemwege. Alles wiederholte sich. Träumte sie vielleicht wieder nur? War das alles ein immer ewiger Kampf in ihrem Kopf?

Ihre eigenen leicht wimmernden Geräusche drangen nur dumpf in ihre Ohren hinein. Gunt hatte ihren Körper unter Kontrolle und in dem Moment, bevor er zum letzten Mal zudrücken wollte, sprach er es aus, die Worte die ihr noch verrieten, wer er war und dass sie sich diesmal doch in der Realität befand.

„Alles ist gut Darling, ich bin ja da!

151